燕燕于飛

……………… 最美的詩經‧英譯新詮 ………………

A Pair
of
Swallows Fly

許淵沖 ──── 英譯　　閆紅 ──── 賞析

第六章
呦呦鹿鳴

1

第一章
南有喬木

TALL TREES GROW
ON THE FAR SOUTH MOUNTAIN

周南 · 關雎

關關雎鳩，在河之洲。窈窕淑女，君子好逑。

參差荇菜，左右流之。窈窕淑女，寤寐求之。

求之不得，寤寐思服。悠哉悠哉，輾轉反側。

參差荇菜，左右采之。窈窕淑女，琴瑟友之。

參差荇菜，左右芼之。窈窕淑女，鐘鼓樂之。

①參差（ㄘㄣ ㄘ）：長短不齊的樣子。②荇（ㄒㄧㄥˋ）菜：水草類植物。
圓葉細莖，根生水底，葉浮在水面，可供食用。③寤寐（ㄨˋ ㄇㄟˋ）：
醒和睡。指日夜。寤，醒覺。寐，入睡。④芼（ㄇㄠˋ）：擇取，挑選。

COOING AND WOOING

By riverside a pair, Of turtledoves are cooing;

There is a maiden fair, whom a young man is wooing.

Water flows left and right, Of cresses here and there;

The youth yearns day and night, For the maiden so fair.

His yearning grows so strong, He cannot fall asleep,

But tosses all night long, So deep in love, so deep!

Now gather left and right, Cress long or short and tender!

O lute, play music light, For the fiancée so slender!

Feast friends at left and right, On cresses cooked tender!

O bells and drums, delight. The bride so sweet and slender!

在水中間的小洲上，雎鳩鳥叫了很久。那個美麗的女子，是你心中最可愛的人。

荇菜在水中游弋，長長短短，你從船的這一邊或是那一邊捋取。有心無思，那美麗女子的身影，讓你一夜一夜無法入夢。

你知道她的不可追求，就像深夜的夢寐。思念如長路，你日夜兼程，直到天明，也無法窮盡。

荇菜在水中游弋，長長短短，你在船的這一側或是那一側捋取。美麗的女子，且讓我鼓瑟彈琴，用這種方式靠近妳。

荇菜在水中游弋，長長短短，可以從船的這邊或是那邊捋取。美麗的女子，讓我為妳擊鼓起舞，這一刻，我只想讓妳更快樂一點。

人生有四苦：生老病死、求不得、怨憎會、愛別離。以「求不得」在我們的生命裡出現得最為頻繁，你輾轉反側，寤寐思服，她終究如夢寐般悠遠。

其實生命是一個過程，哪有真正的「求得」和「擁有」，倒不如放棄這種無謂的自苦，彈琴擊鼓，「友之」、「樂之」，記住這一刻的燦爛，就是永遠。

周南‧卷耳

采采卷耳，不盈頃筐。嗟我懷人，寘彼周行。

陟彼崔嵬，我馬虺隤。我姑酌彼金罍，維以不永懷。

陟彼高岡，我馬玄黃。我姑酌彼兕觥，維以不永傷。

陟彼砠矣，我馬瘏矣。我僕痡矣，云何吁矣！

①寘（ㄓˋ）：通「置」，放置。②陟（ㄓˋ）：登高。③崔嵬（ㄨㄟˊ）：有石頭的土山，高大、險峻。④虺隤（ㄏㄨㄟ ㄊㄨㄟˊ）：疲勞得要生病的樣子。⑤酌：斟酒。⑥金罍（ㄌㄟˊ）：《朱熹集傳》：「罍，酒器。刻為雲雷之象，以黃金飾之。」⑦兕觥（ㄙˋ ㄍㄨㄥ）：呈牛角狀的飲酒器。⑧砠（ㄐㄩ）：有土的石山，或有石的土山。⑨瘏（ㄊㄨˊ）：因勞致病，多指馬。⑩痡（ㄆㄨ）：因勞致病，多指人。⑪吁（ㄒㄩ）：嘆氣。

MUTUAL LONGING

Wife: "I gather the mouse-ear, With a basket to fill.
I miss my husband dear, And leave it empty still."
Man: "The hill I'm climbing up, Has tried and tired my
horse. I'll drink my golden cup, So as to gather force. "
"The height I'm climbing up, Has dizzied my horse in strife.
I drink my rhino cup, Lest I'd think of my wife."
"I climb the rocky hill; My wornout horse won't go.
My servant's very ill, O how great is my woe!"

我採了又採，那種叫做卷耳的小野菜，可總也採不滿一筐，唉，我也知道這是想念你的緣故，算了，先把籃子丟在一旁。

　　我看見你在遠方登上高高的山坡，你的馬匹已經跑得腳步踉蹌，你取出酒杯，獨自飲酒，我知道你是想藉此忘記獨自面對這世界的彷徨。

　　我看見你在遠方登上高高的山崗，你的馬匹已經跑得目光撲朔，你取出酒杯獨自飲酒，想用它來覆蓋心中正風起雲湧的悲傷。

　　我看見你在遠方登上那個亂石崗，你的馬匹累得不成樣子，倒在一旁。美酒也無法給你一點援助，你趴在那裡，如我一樣，對思念繳械投降。

　　愛情能夠賦予人們一種超能力，即使他不在你身邊，關於他的一切，也能在你眼前歷歷如真。你能看到他在什麼地方，看到陪伴著他的老馬和夕陽，看到他各種心緒的流動，以至於，有時候你會忘了夢境與現實的距離，想要伸出手去，撫摸一下他的憂傷。

周南・樛木

南有樛木，葛藟纍之。樂只君子，福履綏之。
南有樛木，葛藟荒之。樂只君子，福履將之。
南有樛木，葛藟縈之。樂只君子，福履成之。

①樛（ㄐㄧㄡ）：向下彎曲的樹。②葛藟（ㄍㄜˊㄌㄟˇ）：葡萄科植物，不能生食。③纍（ㄌㄟˊ）：纏繞。④綏（ㄙㄨㄟ）：下降的意思，也有安定，安撫人心之義。《毛傳》：「綏，安也。」

MARRIED HAPPINESS

Up crooked Southern trees, Are climbing creepers' vines;
On lords whom their wives please, Quiet happiness shines.
The crooked Southern trees, Are covered by grapevines;
On lords whom their wives please, Greater happiness shines.
Round crooked Southern trees, Are twining creepers' vines;
On lords whom their wives please, Perfect happiness shines.

那樹木生長在南方，枝條彎曲，向下飄蕩，引得葛藤前來攀援。這不期而至的靠近，是令人悸動的幸福。你這樣端方的男人，應該得到這突然降臨的幸福。

那樹木生長在南方，枝條彎曲，向下飄蕩。葛藤葳蕤出一片新綠，覆蓋住它荒涼的額頭。你這樣端方的男子，應該有這樣溫柔的幸福，將你護佑。

那樹木生長在南方，枝條彎曲，向下飄蕩。葛藤將奔放地縈繞在它的周遭，將它的幸福成就。你這樣端方的男子，也將在今天，被前所未有的幸福成就。

這是一首唱給新郎的讚歌，再三表示他應該獲得幸福。看似相同的文字，其實暗含玄機。每一段只更換了兩個字，從「綏之」（降臨），到「將之」（護佑），再到「成之」（成就），表現出了幸福的不同層次。時間變慢，幸福像舌尖上的一顆橄欖，在不同的滋味裡，感受不同形式的「在一起」。

周南・桃夭

桃之夭夭，灼灼其華。之子于歸，宜其室家。

桃之夭夭，有蕡其實。之子于歸，宜其家室。

桃之夭夭，其葉蓁蓁。之子于歸，宜其家人。

①有蕡（ㄈㄣˊ）：即果實多而大的樣子，這裡指果實豐美的樣子。
②蓁蓁（ㄓㄣ ㄓㄣ）：草木茂盛的樣子，這裡指桃樹枝繁葉茂。

THE NEWLY-WED

The peach tree beams so red; How brilliant are its flowers!
The maiden's getting wed, Good for the nuptial bowers.
The peach tree beams so red; How plentiful its fruit!
The maiden's getting wed; She's the family's root.
The peach tree beams so red; Its leaves are lush and green.
The maiden's getting wed; On household she'll be keen.

你的容顏就像三月桃花，在陽光下閃耀著灼目的光華，美麗的新嫁娘，妳是能讓歲月沉靜萬事順遂的好女子。

　　光華閃耀的桃樹，會結出豐美的果實，美麗的新嫁娘，妳是能讓歲月雋永萬事順遂的好女子。

　　那光華閃耀的桃樹，最終會枝繁葉茂，這是生命的必然，值得喜悅的轉變。新嫁娘，今天妳將開啟新的時光，妥貼如妳，能夠福澤所有家人，將有妳的日子都點亮。

　　沒有比桃花形容新嫁娘更合適的了，嬌豔、嫵媚，一個女子一生中的重要時刻。這首詩讚美了新嫁娘的光彩，同時也送出最美的祝願。

周南 · 芣苢

采采芣苢，薄言采之。采采芣苢，薄言有之
采采芣苢，薄言掇之。采采芣苢，薄言捋之。
采采芣苢，薄言袺之。采采芣苢，薄言襭之。

①芣苢（ㄈㄡˊ ㄧˇ）：野生植物名，多指車前子。《毛傳》：「芣苢，馬
舄（ㄒㄧˋ）。馬舄，車前也。」②捋（ㄌㄨˇ）：用手指順著莖抹過去，
成把地採取。③袺（ㄐㄧㄝˊ）：貯在衣袋裡。④襭（ㄒㄧㄝˊ）：把衣襟插
在衣帶上，用來兜東西。

PLANTAIN GATHERING

We gather plantain seed, Let's gather it with speed!
We gather plantain ears, Let's gather them with cheers!
We gather plantain seed, Let's rub it out with speed!
We gather plantain ears, Pull by handfuls with cheers!
We gather plantain seed, Let's fill our skirts with speed!
We gather plantain ears, Belt up full skirts with cheers!

可愛的車前子就在眼前，我們一起採摘吧；可愛的車前子就在眼前，我們把它拿過來。

可愛的車前子就在眼前，讓我們趕快拾起來；可愛的車前子就在眼前，讓我們趕緊捋下來。

採下的車前子放在哪裡，用衣襟兜了帶回家。

「薺菜馬蘭頭，姊姊嫁在後門頭」，許多年後，周作人說起故鄉，便想起這首以野菜作比興的童謠，說：「婦女小兒各拿一把剪刀一只『苗籃』，蹲在地上搜尋，是一種有趣味的遊戲的工作。」

挖野菜的趣味在於邂逅感，於野地裡看見野菜，不管是薺菜還是馬蘭頭，都會格外驚喜，有一種野菜叫做車前子，在古代它的名字叫芣苢。遇見它真是一件開心的事，大家歡快地一起採摘。詩裡的「袺」與「襭」都是指用衣襟把野菜兜回去，可見採前並無準備，是偶然遇上的驚喜。

周南 · 漢廣

南有喬木，不可休思。漢有游女，不可求思。

漢之廣矣，不可泳思。江之永矣，不可方思。

翹翹錯薪，言刈其楚。之子于歸，言秣其馬。

漢之廣矣，不可泳思。江之永矣，不可方思。

翹翹錯薪，言刈其蔞。之子于歸。言秣其駒。

漢之廣矣，不可泳思。江之永矣，不可方思。

①秣（ㄇㄛˋ）：餵牲口。②刈（一ˋ）：割取。③蔞（ㄌㄡˊ）：植物名，蒿草。

A WOODCUTTERS LOVE

The tallest Southern tree, Affords no shade for me.

The maiden on the stream, Can but be found in dream.

For me the stream's too wide, To reach the other side.

As River Han's too long, To cross its current strong.

Of the trees in the wood, I'll only cut the good.

If she should marry me, Her stable-man I'd be.

For me the stream's too wide, To reach the other side.

As River Han's too long, To cross its current strong.

Of the trees here and there, I'll only cut the fair.

If she should marry me, Her stable-boy I'd be.

For me the stream's too wide, To reach the other side.

As River Han's too long, To cross its current strong.

據說南方有美麗的大樹，我不能去樹下休息。我知道漢水有迷人的女子，連追求都不可以。

　　妳我之間的距離，就像這江面廣袤，我無法泅渡，抵達有妳的對岸。江水既寬且長，誰能浮游其上？即便我紮木做筏，依然不能抵達有妳的遠方。

　　雜樹錯落生長，我砍荊為柴，安頓我的時日。聽說妳婚期將至，我默默將妳的馬兒餵飽。

　　我在雜草中穿行，砍下一叢叢白蒿草。聽說妳即將遠行，我將妳的馬兒餵飽。

　　我知道這江水無法泅渡，也無法航行，但是我也知道有一種愛，只與自己有關。我只想把妳放在我心中，我已經把妳放在我心中了，還有什麼可以奪走呢？

　　乍看這首詩，有一種平靜的絕望，明知道所愛者與自己無緣，必然要離開，他還能平靜地餵飽將她帶走的馬匹。但是再仔細看，它更是一種絕望，或者說無望之後的平靜，一種不指望回報的深情。

周南 · 汝墳

遵彼汝墳，伐其條枚；未見君子，惄如調饑。

遵彼汝墳，伐其條肄；既見君子，不我遐棄。

魴魚赬尾，王室如燬；雖則如燬，父母孔邇！

①惄（ㄋㄧˋ）：飢餓的狀態。②調（ㄓㄡ）：實「朝」字。③肄（ㄧˋ）：嫩枝。④魴（ㄈㄤˊ）魚：鯿魚古時的稱謂。銀灰色的淡水魚。⑤赬（ㄔㄥ）：淺紅色。⑥燬（ㄏㄨㄟˇ）：烈火。⑦邇：（ㄦˇ）：近處。

A WIFE WAITING

Along the raised bank green, I cut down twigs and wait.
My lord cannot be seen; I feel a hunger great.
Along the raised bank green, I cut fresh sprigs and spray.
My lord can now be seen, But soon he'll go away.
"I'll leave your red-tailed fish: The kingdom is on fire."
"If you leave as you wish, Who'll take care of your sire?"

獨自沿著汝河大堤往前走，砍斫灌木的枝條當柴燒，家裡那個人去給王室服勞役。活在這兵荒馬亂的世間，看不到你，我的心如我空空蕩蕩的胃，總是被飢餓感灼燒。

　　獨自沿著汝河大堤往前走，枝條上居然發了新綠，而你的笑容猝然出現，原來，你和命運都從未將我拋棄。

　　魴魚的尾巴奔忙時就會變紅，王室的勞役像一團火追著你。好吧，就算它像火，可是父母就在不遠處，你知道，他們多麼想要看見你。

　　女子想念在服役的丈夫，驚喜地看他忽然歸來，但他似乎只是開小差地來探個家，王室的事情在後面如急火流星地追著他，他著急忙慌，像一條紅尾巴的魴魚。女子說，雖然王室的事情急得像火燒，你也應該看看附近的父母。她想以此留他多待一會兒，亂世夫妻的無奈與期待，盡在末尾十六字裡。

周南・麟之趾

麟之趾，振振公子，于嗟麟兮。
麟之定，振振公姓，于嗟麟兮。
麟之角，振振公族，于嗟麟兮！

①麟：麒麟，中國古代傳說中的瑞獸。②振振（ㄓㄣ ㄓㄣ）：仁厚的樣子。③于，音「吁」。④定（ㄉㄧㄥˋ）：額頭。

THE GOOD UNICORN

The unicorn will use its hoofs to tread on none,
Just like our Prince's noble son. Ah! they are one.
The unicorn will knock its head against none,
Just like our Prince's grandson. Ah! they are one.
The unicorn will fight with its corn against none,
Just like our Prince's great-grand-son. Ah! they are one.

麒麟的腳啊不會用來踢人，就像仁厚的公子們，他們是像麒麟一樣溫和高尚的人。

　　麒麟的額頭啊不會用來撞人，就像這仁厚的一家人，他們是像麒麟一樣溫和高尚的人。

　　麒麟的角啊不會用來傷人，就像這仁厚的一族人，他們是像麒麟一樣溫和高尚的人。

　　《紅樓夢》裡賈家的規矩大，第一條是仁義，雖然不是人人都能做到，起碼賈母身先士卒，對大多數人都客客氣氣。襲人也跟寶玉說「咱們家從沒幹過這倚勢仗貴霸道的事」。高貴而又溫和，這是麒麟的品性，也應該成為家風裡的一條，有這種要求的人家，子孫才能如不斷生長的芝蘭玉樹，茂盛地生在自家庭前。

召南・鵲巢

維鵲有巢，維鳩居之。之子于歸，百兩御之。
維鵲有巢，維鳩方之。之子于歸，百兩將之。
維鵲有巢，維鳩盈之。之子于歸，百兩成之。

①御（一ㄚˋ）：迎接。②兩（ㄌㄧㄤˋ）：車。一車有兩輪的意思。③將
（ㄐㄧㄤ）：送。④成：成其禮也。

THE MAGPIE'S NEST

The magpie builds a nest, Where comes the dove in spring.
The bride comes fully-drest, Welcomed by cabs in string.
The magpie builds a nest, Where dwells the dove in spring.
The bride comes fully-drest, Escort'd by cabs in string.
The magpie builds a nest, Where lives the dove in spring.
The bride comes fully-drest, Celebrated by cabs in string.

喜鵲胼手胝足搭建的巢穴，鳲鳩（布穀鳥）飛來端然居住。那女子嫁入我建造的家園，上百輛彩車接她進門。

喜鵲胼手胝足搭建的巢穴，就要被鳲鳩當成自己的家。那女子嫁入我建造的家園，上百輛彩車接她進門。

喜鵲胼手胝足搭建的巢穴，鳲鳩在這裡度過往後餘生。那女子嫁入我建造的家園，上百輛彩車接她進門。

這首詩一向有很多種解釋，有人說這是一首新婚禮讚詩，以喜鵲比喻女子而鳲鳩比喻男子。男性為主導的社會，男人及其家族提供主要的物質條件，而女人出嫁，才算真正擁有自己的窩巢。如今看來對於女性未免不公，在當時也許是司空見慣甚至是值得頌揚之事。

另一說是棄婦之傷，女人和丈夫一起奮鬥，最後卻讓另一個女人坐享其成，因此有了鳩占鵲巢的成語。這種說法，在當下更能引起共鳴。

召南・草蟲

喓喓草蟲，趯趯阜螽；未見君子，憂心忡忡。
亦既見止，亦既覯止，我心則降。
陟彼南山，言采其蕨；未見君子，憂心惙惙。
亦既見止，亦既覯止，我心則說。
陟彼南山，言采其薇；未見君子，我心傷悲。
亦既見止，亦既覯止，我心則夷。

①喓喓（一幺 一幺）：擬聲詞，形容蟲鳴聲。②趯趯（ㄊㄧ、ㄊㄧ、）：跳躍
的樣子。③阜螽（ㄈㄨ、 ㄓㄨㄥ）：蚱蜢。④止：語助詞。⑤覯（ㄍㄡ、）：
遇見。⑥蕨（ㄐㄩㄝ／）：野菜名，草本植物。⑦惙惙（ㄔㄨㄛ、 ㄔㄨㄛ、）：
憂傷的樣子。

THE GRASSHOPPERS

Hear grassland insects sing, And see grasshoppers spring!
When my lord is not seen, I feel a sorrow keen.
When I see him downhill, And meet him by the rill,
My heart would then be still.
I go up southern hill; Of ferns I get my fill,
When my lord is not seen, I feel a grief more keen.
When I see him downhill, And meet him by the rill,
My heart with joy would thrill.
I go up southern hill; Of herbs I get my fill.
When my lord is not seen, I feel a grief most keen.
When I see him downhill, And meet him by the rill,
My heart would be serene.

蟈蟈兒叫個沒完，草蟲裡蹦出一隻蚱蜢，那個人他在哪裡？這種不確定讓我憂心忡忡。假如能夠看見他，假如真的能夠遇到他，我的心才能落下。

我拎著籃子走出家門，到那南山去採野菜，還沒有看見那個人，讓我心中惴惴。我只想要看見他，我必須要看見他，我的心才能喜悅起來。

我在南山上採野菜，心裡湧動著無盡悲傷，總是不能看見你，是不是你就此從我生命中消逝？我只想要見到你，我必須要見到你，我的心才能安寧下來。

從「未見君子，憂心忡忡」，到「未見君子，憂心惙惙」，再到「未見君子，我心傷悲」，內心的隱憂層層升級。

「忡忡」是些微的疑慮，「惙惙」是巨大的不安，到了「傷悲」，則是沉重的絕望。一個也許並不漫長的時間段裡，她的內心跌宕起伏，兵荒馬亂。

發生了什麼呢，也許什麼都沒發生，只是當你開始愛，就再也沒有自由可言。你的命運在對方的手上，而對方的手，你要時時刻刻都看見，否則世界就會變成一個巨大的旋轉著的黑洞，那種不可知與不可能令人恐懼，演變成這一個人的天災。

召南 · 采蘋

于以采蘋？南澗之濱。于以采藻？于彼行潦。
于以盛之？維筐及筥。于以湘之？維錡及釜。
于以奠之？宗室牖下。誰其尸之？有齊季女。

①筥（ㄐㄩˇ）：圓形的竹筐。②錡（ㄑㄧˊ）：三足的炊飯器皿。釜（ㄈㄨˇ）：
無足的炊飯器皿。③牖（ㄧㄡˇ）：窗戶。④尸：主祭的人。⑤齊（ㄓㄞ）：
肅敬、莊重。

SACRIFICE BEFORE WEDDING

Where to gather duckweed? In the brook by south hill.
Where to gather pondweed? Between the brook and rill.
Where to put what we've found? In baskets square or round.
Where to boil what we can? In the tripod or pan.
Where to put offerings? In the temple's both wings.
Who offers sacrifice? The bride-to-be so nice.

到哪裡能採到浮萍呢？南邊溪水畔有很多。到哪裡能採到綠藻呢？在那積水的淺沼裡。

採回蘋藻用什麼盛呢？圓的叫筥，方的叫筐。帶回家用什麼煮呢？三隻足的錡和沒有腳的釜。

煮出這祭品放在哪裡呢？在宗廟的窗戶下。祭祖的工作誰操持呢？那個虔誠的待嫁少女。

這也許是一個女人一生中最快樂的時刻，採蘋採藻做成祭品再嘗試著操持祭祀，據說是古代少女的婚前必修課，所以她每個動作都一絲不苟，這麼認真，是想給未來生活一個最好的開頭。在她看似刻板的動作裡，對於未來的想像如花朵般開放，在一切開始之前。

召南 · 羔羊

羔羊之皮，素絲五紽。退食自公，委蛇委蛇。
羔羊之革，素絲五緎。委蛇委蛇，自公退食。
羔羊之縫，素絲五總。委蛇委蛇，退食自公。

①五紽（ㄊㄨㄛˊ）：五為交午之午，交午即縱橫錯雜。紽：《毛傳》釋為數（ㄘㄨˋ），即細密。另一說為計算絲的單位，五絲為一紽。清代王念孫《廣雅疏證 · 卷四上 · 釋詁》：「紽，數也。」疏證：「紽、緎、總，皆數也。五絲為紽，四紽為緎，四緎為總。」。②退食自公：在公家吃完飯回家。食：公家供卿大夫之每日膳食。③委蛇（ㄨㄟ ㄧˊ）：形容悠閒自得、大搖大擺的意思。④緎（ㄩˋ）：縫也。另一說為計算絲的單位。

OFFICIALS IN LAMB FURS

In lamb and sheep skins drest, With their five braidings white,
They come from court to rest, And swagger with delight.
In sheep and lamb skins drest, With five seams of silk white,
They swagger, come to rest, And take meals with delight.
In lamb and sheep furs drest, With their five joinings white,
They take their meals and rest, And swagger with delight.

燕燕于飛——最美的詩經英譯新詮

羊羔皮做成的皮袍，白色絲線交叉縫合。王公宴席散後走回家，行為端正，氣定神閒。

羊羔皮做成的皮袍，白色絲線交叉縫合。慢慢走回家的，是吃飽喝足後離開宴席的王公

羔羊皮縫製的衣服，白色絲線交叉縫合。慢慢走回家的，正是那位吃飽喝足離開宴席的王公。

這件羊絨袍子縫製精巧，潔白如雪，似乎代表一種美好的生活。

然而，從一個人的外表究竟能看出什麼呢？他也有可能是個貪官，或是尸位素餐者，這就給這首詩多種詮釋方式。你可以當它是讚美，也可以當它是諷刺，或者，只是一時的感覺，並沒有任何態度。

召南 · 殷其靁

殷其靁，在南山之陽。何斯違斯，莫敢或遑？振振
君子，歸哉歸哉！

殷其靁，在南山之側。何斯違斯，莫敢遑息？振振
君子，歸哉歸哉！

殷其靁，在南山之下。何斯違斯，莫或遑處？振振
君子，歸哉歸哉！

①殷：雷聲。②遑（ㄏㄨㄤˊ）：閒暇。③振振（ㄓㄣ ㄓㄣ）：仁厚的樣子。

WHY NOT RETURN?

The thunder rolls away, O'er southern mountain's crest.
Why far from home do you stay, Not daring take a rest?
Brave lord for whom I yearn, Return, return!
The thunder rolls away, By southern mountain's side.
Why far from home do you stay, Not daring take a ride?
Brave lord for whom I yearn, Return, return!
The thunder rolls away, At southern mountain's foot.
Why far from home do you stay, As if you'd taken root?
Brave lord for whom I yearn, Return, return!

雷聲在南山之陽響起來了，你聽到了嗎？為何你還行走在路上，不敢做片刻停留？勤奮又實在的君子，你是否聽到這催歸之聲？

雷聲也響在南山之側。你依然奔走於你的路途，不敢稍作停息。大雨將至，勤奮又實在的人，我期待你在雨落下之前歸來。

雷聲還響在南山之下，在外的人日夜奔波，不敢懈怠。勤奮又厚道的你，到底什麼時候能回到家中。

雷聲隆隆，總是令人不安，古人心理上應該會有更大的壓力，但正因如此，電閃雷鳴中，一家人若是能夠團聚，就會有一種感動。然而，在這世上，誰不是身不由己？家裡人想到那在外的人，他是在南山之陽還是南山之側又或是南山之下？這種不確定，增加了心中的恐懼，那期待也因此更加深切。

召南‧摽有梅

摽有梅，其實七兮。求我庶士，迨其吉兮。
摽有梅，其實三兮。求我庶士，迨其今兮。
摽有梅，頃筐墍之。求我庶士，迨其謂之。

①摽（ㄆㄧㄠˇ）：落下、墜落。②迨（ㄉㄞˋ）：趁、乘。③墍（ㄐㄧˋ）：取。

An Old Maid

The fruits from mume-tree fall, One-third of them away.
If you love me at all, Woo me a lucky day!
The fruits from mume-tree fall, Two-thirds of them away.
If you love me at all, Woo me this very day!
The fruits from mume-tree fall, Now all of them away.
If you love me at all, You need not woo but say.

梅子開始落地了，樹上還留有七成。有心想追求我的人兒，趁著這大好時光來表白啊！

時光流逝，春日正盛。梅子紛紛落地，枝頭只剩下了三分。有心追求我的人兒，請不要錯過今天啊！

那梅子已完全墜落，被收進了簸箕。有心追求我的人，趕快說出來吧！

少女等待心上人開口，人生難能再少年，莫待無花空折枝。這驕人的青春，需要觀眾，需要配得上旗鼓相當的對手。嫁娶無期，更遺憾的是心上人的錯過。假如在人生最好的年華，在開得最好的花季，心上人因為羞怯猶豫，遲疑著不敢伸出手來，這樣的人生，何等寂寥。

召南・小星

嘒彼小星，三五在東。

肅肅宵征，夙夜在公。寔命不同！

嘒彼小星，維參與昴。

肅肅宵征，抱衾與裯。寔命不猶！

①嘒（ㄏㄨㄟˋ）：光芒微弱。②寔（ㄕˊ）：通「實」，真實、實在。③昴（ㄇㄠˇ）：星宿名，二十八宿之一，為白虎七宿的第四宿。④裯（ㄔㄡˊ）：單薄的被。

THE STARLETS

Three or five stars shine bright, Over the eastern gate.

We make haste day and night, Busy early and late.

Different is our fate.

The starlets shed weak light, With the Pleiades o'erhead.

We make haste day and night, Carrying sheets of bed:

No other way instead.

東方的天邊有幾顆光線暗淡的小星，三三五五，稀稀落落，這樣蕭瑟的深夜，我還在為公務奔波。讓我說什麼好呢？這命運就是如此不同啊！

　　天邊有昏暗的星光，隱約辨認得出，那是參星和昂星。遠離溫暖的枕席，沒有柔軟的衾被。夜以繼日，為公務奔波，命中如此奈若何！

　　這是春秋時期的一個小官員的牢騷，他星夜疾行，內心苦悶，看見星光，心中也不能獲得安慰，反而更加感到這深更半夜辦公務的「悲催」。於是他對自己說，這都是命啊。歸結到命運上，能讓自己釋然一點。

召南·江有汜

江有汜，之子歸，不我以。不我以，其後也悔。
江有渚，之子歸，不我與。不我與，其後也處。
江有沱，之子歸，不我過。不我過，其嘯也歌。

①汜（ㄙˋ）：復回主流的支流。②渚（ㄓㄨˇ）：水中的小陸地。《說文》引《爾雅》。傳：「渚，小洲也。」③沱（ㄊㄨㄛˊ）：本義指江水支流。

A MERCHANT'S WIFE?

Upstream go you, To wed the new, And leave the old,
You leave the old: Regret foretold.
Downstream go you, To wed the new, And forsake me.
You forsake me; Rueful you'll be.
Bystream go you, To wed the new, And desert me.
You desert me. Woeful you'll be.

江水蜿蜒，分而又合。心愛的姑娘嫁了人，不再與我交好。她不再與我交好，將來一定會後悔。

　　江水浩浩，水中有一座小沙洲。心愛的姑娘今天要出嫁，從此不再理睬我。她從此不再理睬我，將來一定會難過。

　　江水滔滔，支流回轉。心愛的姑娘出嫁了，從此不會再來我家，她從此再不會來我家，我彷彿聽到她將來的悲歌。

　　　　也有人說這是一個女子的心聲，她所愛的男人娶了別的女子，她想像他的後悔和悲傷，心中充滿了快意。不管主人公是男是女，這種想像都是痛楚中的一種自救，他們的想像越是磅礡，他們的失落就越深重。

召南 · 野有死麕

野有死麕，白茅包之。有女懷春，吉士誘之。
林有樸樕，野有死鹿。白茅純束，有女如玉。
「舒而脫脫兮，無感我帨兮，無使尨也吠。」

①麕（ㄐㄩㄣ）：同「麇」，獐子。②樸樕（ㄙㄨˋ）：小樹。③脫脫（ㄉㄨㄟˋ
ㄉㄨㄟˋ）：舒緩的樣子。④帨（ㄕㄨㄟˋ）：佩巾。《毛傳》：「帨，佩巾也。」
⑤尨（ㄇㄤˊ）：多毛的狗。

A DEER KILLER AND A JADELIKE MAIDEN

An antelope is killed, And wrapped in white afield.
A maid for love does long, Tempted by a hunter strong.
He cuts down trees amain, And kills a deer again.
He sees the white-drest maid, As beautiful as jade.
"O soft and slow, sweetheart, Don't tear my sash apart!"
The jadelike maid says, "Hark! Do not let the dog bark!"

野地裡那隻死去的獐子，用白茅將之包裹。當少女情竇初開，少年便來來誘惑。

　　小林中有砍倒的樹木，荒地裡有一隻死去了小鹿，且用白茅將這些包裹，而更讓人喜悅的收穫，是這如玉的姑娘。

　　「熱情的男子啊，請克制你的熱情，慢慢地來。不要動我的佩巾，更不要讓那狗兒叫起來。」

　　　　　橫陳在野地裡的獐子，和樹林裡的鹿，都是現成的獵物，就像這懷春的少女，篤定是少年的。這樣的比喻可謂觸目驚心，帶著原始的圍獵感，然而男女之間，本來就有種原始性。

　　　　　當然這少年最終還是遇到一點輕微的抵抗，可是正是這一點抵抗，欲迎還拒，更讓人血脈賁張。

2

第
二
章

燕
燕
于
飛

A PAIR
OF SWALLOWS FLY

邶風‧柏舟

泛彼柏舟，亦泛其流。耿耿不寐，如有隱憂。微我無酒，以敖以遊。

我心匪鑒，不可以茹。亦有兄弟，不可以據。薄言往愬，逢彼之怒。

我心匪石，不可轉也。我心匪席，不可卷也。威儀棣棣，不可選也。

憂心悄悄，慍于群小。覯閔既多，受侮不少。靜言思之，寤辟有摽。

日居月諸，胡迭而微？心之憂矣，如匪澣衣。靜言思之，不能奮飛。

①邶（ㄅㄟˋ）風：邶國的風謠。②愬（ㄙㄨˋ）：通「訴」，訴說。③棣棣（ㄉㄧˋ ㄉㄧˋ）：富盛而熟習的樣子。④慍（ㄩㄣˋ）：發怒、怨恨。⑤覯閔（ㄍㄡˋ ㄇㄧㄣˇ）：覯即遇見，閔即疾病。覯閔引申為受人妒忌。⑥寤辟（ㄨˋ ㄆㄧˋ）：寤，睡醒的意思。辟，《毛傳》：「辟，拊心也。」寤辟，意指睡醒後用手撫胸。⑦摽（ㄅㄧㄠ）：擊。⑧迭（ㄉㄧㄝˊ）：輪流、更替。⑨澣（ㄏㄨㄢˇ）：洗滌。

DEPRESSION

Like cypress boat, Mid-stream afloat, I cannot sleep, In sorrow deep. I won't drink wine, Nor roam nor pine.

Unlike the brass, Where images pass, On brothers I, Cannot rely. When I complain, I meet disdain.

Have I not grown, Firm as a stone? Am I as flat, As level mat? My mind is strong: I've done no wrong.

I'm full of spleen, Hated by the mean; I'm in distress, Insulted no less; Thinking at rest, I beat my breast.

The sun and moon, Turn dim so soon, I'm in distress, Like dirty dress. Silent think l: Why can't I fly?

柏木做的小船悠悠蕩蕩，在河水中隨波逐流。我一夜一夜不能入眠，心中有說不出的煩憂。不是我家中沒有美酒，不能帶我進行精神上的浪遊。

我的心畢竟不是銅鏡，將世界給予我的一切悉數容納。我也有兄弟，卻不能依靠。想對他們訴訴苦，正趕上他們火冒三丈地面對自己的一地雞毛。

我的心也不是石頭，可以靈活轉動，我的心也不是草蓆，可以曲卷。再多的沮喪痛苦，我也不能喪失威嚴，不能因為孱弱，就膽怯地退讓，被人欺侮。

憂愁充盈於我的內心，我得罪了那些小人，遇到的妒忌很多，受到的侮辱也不少。我靜靜地回想一番，越想越難過，兩隻手交替著，捶打自己的胸口。

太陽啊月亮，為什麼只能交替放出微弱的光芒？我心中淤積的憂傷，散發出不潔的氣息，如同那些沒有清洗的衣服。我想靜下心來思考這一切，感覺這一生也無法飛揚。

伊比鳩魯的門徒采多羅絲有言：我們幸福的原因存在於我們的自身之內，而不是自身之外。換言之，我們不幸的原因，也存在於自身之內。

主人公東一頭西一頭地求助，唯獨不能突破肉身，突破那些欲念糾結，也許因為，委屈比憤怒安全，跟汙泥渾水較勁，比憤而展翅更容易做到。

那麼，他就不要抱怨無效的美酒，和壞脾氣的兄弟，「不能奮飛」是無力者早已被註定的命運，而更不幸的是，常常也是大多數人的命運。

邶風‧綠衣

綠兮衣兮，綠衣黃裏。心之憂矣，曷維其已！

綠兮衣兮，綠衣黃裳。心之憂矣，曷維其亡！

綠兮絲兮，女所治兮。我思古人，俾無訧兮！

絺兮綌兮，淒其以風。我思古人，實獲我心！

①曷（ㄏㄜˊ）：什麼時候。②俾（ㄅㄧˋ）：使。③訧（ㄧㄡˊ）：過失。
④絺（ㄔ）：細葛布。⑤綌（ㄒㄧˋ）：粗葛布。

My Green Robe

My upper robe is green; Yellow my lower dress.

My sorrow is so keen; When will end my distress?

My upper robe is green; Yellow my dress with dots.

My sorrow is so keen; How can it be forgot?

The silk is green that you, Old mate, dyed all night long;

I miss you, old mate, who, Kept me from doing wrong.

The linen coarse or fine, Is cold when blows the breeze.

I miss old mate of mine, Who put my mind at ease.

我再一次穿了你縫製的綠衣，綠色的面子，黃色的裡子，我心中的憂傷，何時才能終止？

　　綠衣啊綠衣，綠色的上衣，黃色的下裙，我心中的憂傷，何時能忘？

　　綠衣是絲綢的質地，是你親手縫製。我想念已經作古的你，幫我在這世間活得更完美。

　　而我現在穿著這粗葛布和細葛布的衣服，風鑽進來，渾身寒意，我想起已經作古的你，只有你最合我的心意。

　　　　物是人非，卻也只能睹物思人，這是極傷心之事。他反覆翻看那衣服的外層和內裡，那每一針每一線，皆是經過她的手。還會想起她燈下拈針的樣子嗎？想起她曾經對他多麼用心。當她已經長眠於地下，他所有的深情，只能交付這件逐漸褪色的衣服。

邶風・燕燕

燕燕于飛，差池其羽。之子于歸，遠送于野。瞻望
弗及，泣涕如雨。

燕燕于飛，頡之頏之。之子于歸，遠于將之。瞻望
弗及，佇立以泣。

燕燕于飛，下上其音。之子于歸，遠送于南。瞻望
弗及，實勞我心。

仲氏任只，其心塞淵。終溫且惠，淑慎其身。先君
之思，以勖寡人。

①差池（ㄘ ㄔˊ）：參差不齊。②頡（ㄒㄧㄝˊ）：鳥向上飛。③頏（ㄏㄤˊ）：
鳥向下飛。④勖（ㄒㄩˋ）：勉勵。

A Farewell Song

A pair of swallows fly, With their wings low and high.
You go home in your car; I see you off afar. When your car
disappears, Like rain fall down my tears.
A pair of swallows fly; You go home with a sigh. When they
fly up and down, I see you leave the town. When your car
disappears, I stand there long in tears.
A pair of swallows fly, Their songs heard far and nigh. You
go to your home state; I see you leave south gate. When
your car disappears. Deeply grieved, I shed tears.
My faithful sister dear, With feeling e'er sincere, So gentle
and so sweet, So prudent and discreet! The thought of our
late lord, Strikes our sensitive chord.

群燕飛翔，羽翅參差不齊。我的妹子要出嫁，我一送再送，送到很遠的郊野。遠眺她的背影，直到我的目光再也無法追上，我忍不住泣涕如雨。

燕子依然從空中飛過，時高時低。我的妹子要遠嫁，我一送再送，最終我的目光還是無法再追上她的背影。我站在那裡，默默哭泣。

燕子飛過的時候，呢呢喃喃。我的妹子要出嫁，我將她送到南郊。她的背影消失在我的注視中，讓我的心滿是愁苦。

我的二妹妹是個敦厚可信的人，她待人誠實，感情深沉，氣質賢淑又謹慎。我的父親安排她遠嫁異鄉，是為了幫助我這個不成器的人。

《詩序》裡說這是衛莊姜送丈夫的妾戴媯回去，因為她們共同的丈夫死去後，國內大亂，戴媯的兒子也慘遭殺害。也有說是衛女遠嫁，其兄為之送別。

感覺更像後者，這位二姑娘性情溫厚，讓人不由想起《紅樓夢》裡的二姑娘迎春，她出嫁之後，慘遭中山狼的荼毒，如同一面鏡子，是多少女子和她們的親人的噩夢。

邶風‧日月

日居月諸，照臨下土。乃如之人兮，逝不古處。胡能有定？寧不我顧。

日居月諸，下土是冒。乃如之人兮，逝不相好。胡能有定？寧不我報。

日居月諸，出自東方。乃如之人兮，德音無良。胡能有定？俾也可忘。

日居月諸，東方自出。父兮母兮，畜我不卒。胡能有定？報我不述。

SUN AND MOON

Sun and moon bright, Shed light on earth! This man in sight, Without true worth. Has set his mind? To be unkind.

Sun and moon bright, Cast shade with glee! This man in sight, Would frown at me. He's set his mind? To leave me behind.

Sun and moon bright, Rise from the east. This man in sight, Is worse than beast. His mind is set? All to forget.

Sun and moon bright, From east appear. Can I requite, My parents dear? My mind not set, Can I forget?

太陽啊月亮，普照大地。我嫁的這個人啊，對我已經不似往常，他的心到底何時才能定下來？為什麼不再回頭看看我？

太陽啊月亮，光芒覆蓋四方。我嫁的這個人啊，再也不與我相好，他的心到底何時才能定下來？為什麼不再回報我的情意？

太陽啊月亮，都出自東方。我嫁的這個人啊，嘴上甜如蜜，做事很無良。他的心到底何時能夠定下來？使我能把這些都忘掉。

太陽啊月亮，東方自出。父親啊母親啊，你們愛我為什麼不能夠更徹底？他到底何時候才能定下來，回報我的深情，不再迷失自己。

男人變了心，女人悲痛欲絕，呼喚完太陽月亮，又抱怨父母將自己嫁給這男子，但她的內心並沒有完全絕望，依然認為他只是一時迷失，繼續等待他心定下來的日子。過去婚姻是對於女性的巨大束縛，除了抱怨與期待，她們別無辦法，即便是自欺欺人，也是唯一能給自己的安慰。

邶風 · 終風

終風且暴，顧我則笑，謔浪笑敖，中心是悼。
終風且霾，惠然肯來，莫往莫來，悠悠我思。
終風且曀，不日有曀，寤言不寐，願言則嚏。
曀曀其陰，虺虺其雷，寤言不寐，願言則懷。

①謔（ㄋㄩㄝˋ）浪笑敖（ㄠˊ）：假意殷勤，戲弄調笑。②霾（ㄇㄞˊ）：懸浮於空氣中之煙、塵等聚集所造成的昏暗現象。③曀（ㄧˋ）：天色陰暗。④嚏（ㄊㄧˋ）：打噴嚏。⑤虺虺（ㄏㄨㄟˇ ㄏㄨㄟˇ）：狀聲詞，形容雷聲。

THE VIOLENT WIND

The wind blows violently; He looks and smiles at me.
With me he seems to flirt; My heart feels deeply hurt.
The wind blows dustily; He's kind to come to me.
Should he nor come nor go. How would my yearning grow!
The wind blows all the day; The clouds won't fly away.
Awake, I'm ill at ease. Would he miss me and sneeze!
In gloomy cloudy sky, The thunder rumbles high.
I cannot sleep again. O would he know my pain!

狂風成日吹著，這暴虐讓我想起那個男子，曾經他一看我就笑，那戲謔的笑容，讓我心中止不住地難過。

狂風吹來了陰雲，終日都是霧霾，如今他再也不肯前來，我卻不能放下，反而有了更多的牽掛。

狂風天裡，日月無光，塵土飛揚，俗諺有云：「打噴嚏，有人想。」我希望真的能夠這樣。若是我夜以繼日地思念，能讓他打幾個噴嚏，那也是我能夠作用於他的微弱力量。

狂風好像帶來了隱隱的雷聲，天光暗淡。我用盡所有時間想念他，能否令他有一點心電感應。

單方面地愛一個人，就像把唯一能殺自己的那把刀交到他手中，使得他可以有一百種方式傷害你。比如說，當他笑，你從他的笑容裡識別出輕薄，知道他並不把你當成看可以認真對待的人，你心中的愛情，在他眼裡只是調情。

但你無法說出內心的憂傷，因這輕薄也隨時可以消失。他終於蹤跡不再，你無能為力，只能寄希望於傳說，希望用風暴般的思念，讓他內心的蝴蝶輕輕掀動翅膀。

邶風‧擊鼓

擊鼓其鏜，踊躍用兵。土國城漕，我獨南行。

從孫子仲，平陳與宋。不我以歸，憂心有忡。

爰居爰處？爰喪其馬？于以求之？于林之下。

死生契闊，與子成說。執子之手，與子偕老。

于嗟闊兮，不我活兮。于嗟洵兮，不我信兮。

①鏜（ㄊㄤ）：形容鼓聲。②爰（ㄩㄢˊ）：哪裡。③成說：成了誓約。
④于嗟（ㄒㄩ ㄐㄧㄝ）：感嘆詞。

COMPLAINT OF A SOLDIER

The drums are booming out; We leap and bound about.

We build walls high and low, But I should southward go.

We follow Sun Zizhong, To fight with Chen and Song.

I cannot homeward go; My heart is full of woe.

Where stop and stay our forces, When we have lost our horses?

Where can we find them, please? Buried among the trees.

Meet or part, live or die; We made oath, you and I.

When can our hands we hold, And live till we grow old?

Alas! so long we've parted, Can I live broken-hearted?

Alas! the oath we swore, Can be fulfilled no more.

擊鼓的聲音響在耳旁，我們的國家總有戰爭。人們都在忙著建造防禦工事，只有我被選中，要南下出征。

　　跟隨將帥孫子仲，調和陳宋兩國的糾紛。我將很久無法回鄉，讓我怎能不憂傷。

　　我在何處歇息？怎麼看不見我的馬？我到處去找牠，發現牠在樹林裡。

　　活在無常中，生與死，聚與散，都身不由己，但曾經我拉著你的手，說我想和你一起老去。

　　我們即將分離，我不知道能不能活著見到你。可嘆別離太久遠，能讓所有的誓言都成空言，我的海誓山盟，還能否再取信於你？

　　「執子之手與子偕老」，尋常話語背後，是一同穿越無常的決心。只是，誓言常常不是用來兌現的，表達的只是一時一地的決心，但只要在那時那刻，能夠為某個人，生出這樣的孤勇，就已經是一種偉大，畢竟，這是聚散無憑旦夕禍福的人間。

邶風・凱風

凱風自南，吹彼棘心。棘心夭夭，母氏劬勞。
凱風自南，吹彼棘薪。母氏聖善，我無令人。
爰有寒泉，在浚之下。有子七人，母氏勞苦。
睍睆黃鳥，載好其音。有子七人，莫慰母心。

①劬（ㄑㄩˊ）勞：操勞、勞累。②浚（ㄐㄩㄣˋ）：地名。③睍睆（ㄒㄧㄢˋ
ㄏㄨㄢˇ）：鳥聲清和婉轉之意。

OUR MOTHER

From the south blows the breeze, Amid the jujube trees.
The trees grow on the soil; We live on mother's toil.
From the south blows the breeze, On branches of the trees.
Our mother's good to sons; We are not worthy ones.
The fountain's water runs, To feed the stream and soil.
Our mother's seven sons, Are fed by her hard toil.
The yellow birds can sing, To comfort us with art.
We seven sons can't bring, Comfort to mother's heart.

南方吹來和風，輕撫酸棗樹的嫩芽。那幼芽看起來很茁壯，兒女成長，以母親的勞苦為代價。

　　南方吹來和風，輕撫著已經長成的酸棗樹叢。我的母親善良和忠厚，這美德難道要在我們身上落空？

　　寒泉在浚邑流淌，母親葬在一旁。她生育我們七人，卻在兒女成年後依然操勞。

　　黃鳥婉轉長鳴，牠的歌聲彷彿深懷感情。母親一共有兒女七個，但有哪一個，能夠體味她的勞苦與孤獨。

　　待到母親不在身邊，你才能讀懂關於她的一切，她的善良與孤獨，知道自己曾經多麼粗暴地將她忽略。這是一首吟誦於母親墳墓旁邊的詩，雙親離開的一刻，是人生裡最為空虛的時候。

邶風・雄雉

雄雉于飛，泄泄其羽。我之懷矣，自詒伊阻。

雄雉于飛，下上其音。展矣君子，實勞我心。

瞻彼日月，悠悠我思。道之雲遠，曷云能來？

百爾君子，不知德行。不忮不求，何用不臧。

①雉（ㄓˋ）：俗稱「野雞」。②泄泄（一ˋ 一ˋ）：從容自在的樣子。
③詒（一ˊ）：遺留。④瞻（ㄓㄢ）：向前看。⑤曷（ㄏㄜˊ）：這裡指何時。
⑥忮（ㄓˋ）：嫉妒。⑦不臧（ㄗㄤ）：不善。

MY MAN IN SERVICE

The male pheasant in flight, Wings its way left and right.
O dear one of my heart! We are so far apart.
See the male pheasant fly; Hear his song low and high.
My man is so sincere. Can I not miss him so dear?
Gazing at moon or sun, I think of my dear one.
The way's a thousand li. How can he come to me?
If he is really good, He will do what he should.
For nothing would he long. Will he do anything wrong?

燕燕于飛──最美的詩經英譯新詮

雄野雞飛向遠方，翅膀張揚，羽毛如畫。我想念那個人，給自己帶來無盡煩憂。

　　雄野雞高高飛起，聲音飄忽在空中叫，讓人聞之憂傷。我那誠實的丈夫，讓我操碎了心。

　　日月輪迴，光陰飛逝，我的思念綿延不絕。路途邈遠，我不知道他何時才能歸來。

　　你們這些所謂的君子，不能夠懂得我們的德行，我們不嫉妒，也不貪婪，怎麼可能不善良？

　　　　前三段都在表達對於丈夫的思念，第四段忽然厲聲指責那些「君子們」，並且剖白自己的高尚。是否她的君子遭到他人的毀訛而不得不流離於異鄉？又或者，她是在說自己和丈夫都是安分守己之人，卻不能安居在自己的土地上？朱熹則解釋為她擔心遠行之人會有麻煩，希望因為他的高尚而得到保全。

邶風．匏有苦葉

匏有苦葉，濟有深涉。深則厲，淺則揭。
有瀰濟盈，有鷩雉鳴。濟盈不濡軌，雉鳴求其牡。
雝雝鳴雁，旭日始旦。士如歸妻，迨冰未泮。
招招舟子，人涉卬否。人涉卬否，卬須我友。

①匏（ㄆㄠˊ）：葫蘆的一種。②揭（ㄑㄧˋ）：提起衣襟。③瀰（ㄇㄧˇ）：深水。④鷩（ㄧㄠˇ）：雌雉的叫聲。⑤雝雝：大雁的和鳴聲。⑥迨（ㄉㄞˋ）：等到。⑦泮（ㄆㄢˋ）：冰解凍。⑧卬（ㄤˊ）：代名詞，指「我」。

WAITING FOR HER FIANCE

The gourd has leaves which fade; The stream's too deep to wade.
If shallow leap, And strip if deep!
See the stream's water rise; Hear female pheasant's cries.
The stream wets not the axle straight;
The pheasant's calling for her mate.
Hear the song of wild geese; See the sun rise in glee.
Come before the streams freeze, If you will marry me.
I see the boatman row, Across but I will wait;
With others I won't go: I will wait for my mate.

燕燕于飛——最美的詩經英譯新詮

葫蘆的葉子枯了，掛在身上，可以渡水而過，你是否已在渡口？水深處你就將葫蘆掛在腰間，水淺處你撩起衣服就能渡過。

　　大水茫茫，濟水滿漲，岸邊草叢裡野鳥叫個不停。濟水還沒有高達車輪，雌野雞一聲聲地呼喚牠的伴侶。

　　光陰已逝，轉眼就是冬天，南歸的大雁鳴叫著飛過天空，太陽慢慢地升起。若是你那時才能前來迎娶，也請趕在大河沒有完全冰封之前。

　　我對著濟水思慮萬千，那邊有船夫優哉游哉搖來一條船，旁邊的人都上船了只有我沒有。是的，人家都上船了只有我沒有，我站在這裡，等待一個朋友。

　　濟水隔開了姑娘和她的戀人。站在渡口這邊，姑娘為戀人想得仔細，提醒他可以用葫蘆做腰舟，水深了怎樣做，水淺了又如何。她關注水文與氣候，因為這一切都與她的婚期有關，心中的焦急可想而知，這焦急跟她的愛意成正比。

邶風・谷風

習習谷風，以陰以雨。黽勉同心，不宜有怒。
采葑采菲，無以下體？德音莫違，及爾同死。
行道遲遲，中心有違。不遠伊邇，薄送我畿。
誰謂荼苦，其甘如薺。宴爾新昏，如兄如弟。
涇以渭濁，湜湜其沚。宴爾新昏，不我屑以。
毋逝我梁，毋發我笱。我躬不閱，遑恤我後。

①黽（ㄇㄧㄣˇ）勉：勉勵、努力。②葑（ㄈㄥ）：植物名，指蔓菁。③畿（ㄐㄧ）：指門檻。④荼（ㄊㄨˊ）：苦菜。⑤薺（ㄐㄧˋ）：植物名，指薺菜。⑥湜湜（ㄕˊ ㄕˊ）：水清澈見底。⑦沚（ㄓˇ）：水中的小塊陸地。⑧笱（ㄍㄡˇ）：竹製的捕魚器具。

A REJECTED WIFE

Gently blows eastern breeze, With rain neath cloudy skies.
Let's set our mind to please, And let no anger rise!
Who gathers plants to eat, Should keep the root in view.
Do not forget what's meet, And me who'd die with you!
Slowly I go my way; My heart feels sad and cold.
You go as far to say, Goodbye as the threshold.
Is lettuce bitter? Nay, To me it seems e'en sweet.
Feasting on wedding day, You two looks as brothers meet.
The by-stream is not clear, Still we can see its bed.
Feasting your new wife dear, You treat the old as dead.
Do not approach my dam, Nor move my net away!
Rejected as I am, What more have I to say?

就其深矣，方之舟之。就其淺矣，泳之游之。
何有何亡，黽勉求之。凡民有喪，匍匐救之。
不我能畜，反以我為讎。既阻我德，賈用不售。
昔育恐育鞫，及爾顛覆。既生既育，比予于毒。
我有旨蓄，亦以御冬。宴爾新昏，以我御窮。
有洸有潰，既詒我肄。不念昔者，伊餘來塈。

⑨鞫（ㄐㄩˊ）：窮困。⑩洸（ㄍㄨㄤ）：水波晃動閃光。⑪詒（一ˊ）：遺留。
⑫肄（一ˋ）：勞苦。⑬塈（ㄐㄧˋ）：愛。

When the river was deep, I crossed by raft or boat;
When't was shallow, I'd keep, Myself aswim or afloat.
I would have spared no breath, To get what we did need;
Wherever I saw death, I would help with all speed.
You loved me not as mate; Instead you gave me hell.
My virtue caused you hate, As wares which did not sell.
In days of poverty, Together we shared woe,
Now in prosperity, I seem your poison slow.
I've vegetables dried, Against the winter cold.
Feast them with your new bride, Not your former wife old.
You beat and scolded me, And gave me only pain.
The past is gone, I see, And no love will remain.

山谷裡的風颳得很和煦，但有時也會忽然變為陰雨。夫妻應該勉力同心，節制自己的怒氣。採摘蔓菁蘿蔔，不能只要葉子不要根。當我們結為夫妻的時候，不是已經做好共存亡的準備？

我慢慢走在路上，心中怨氣難消。你說不遠送就真的很近，到了門口你就回頭。誰說苦菜味道苦？比起我的此刻，它甜如薺菜。你與她正是新婚燕爾，親密得如兄如弟。

涇水是比渭水濁，但如果它停止奔流，也能夠清澈見底。你和她燕爾新婚，我不在你眼裡。別去管那捕魚的閘，別去動那捉魚的簍。如今我尚且不能見容，何必管那以後的事？

我曾和你一同涉過歲月的河，深水處我們乘船度過，淺水處我們游泳穿過。家裡缺了什麼，我都盡力置辦。周圍可憐人有了急難，我都全力以赴地去救助。如今你不再愛我，反以我為仇敵。我的好心被你踐踏，就像賣不掉的破爛。你可還記得往昔的恐懼與困窘？那時我們甘苦與共，如今我們生兒育女，你視我如一隻毒蟲。

我備下美味的乾菜，可以度過眼前的寒冬，而你新婚燕爾，讓我來幫你抵禦貧窮。你動輒暴怒如洪水奔流，忘了我為你曾怎樣勞苦。你完全忘了從前，我剛剛來到你家時，我們相親相愛的時光。

> 丈夫另結新歡，妻子回顧過往，肝腸寸斷，這首詩跟《氓》有相似之處，但是一句「以我御窮」看，並不是妻子被拋棄這麼簡單。跟新人新婚燕爾的丈夫有可能更過分，還驅遣著妻子去做事養活他們，所以他假惺惺地送她到門口，難怪妻子要諷刺地說：「不遠伊邇。」——您老人家說送不遠而真的很近啊！也算是一句黑色幽默了。

邶風 · 式微

式微，式微，胡不歸？
微君之故，胡為乎中露！
式微，式微，胡不歸？
微君之躬，胡為乎泥中！

TOILERS

It's near dusk, lo! Why not home go?
It is for you, We're wet with dew.
It's near dusk, lo! Why not home go?
For you, O Sire, We toil in mire.

天色已暗，天色已暗，為什麼還不歸去？

有什麼辦法呢？為了你，我只能披星戴月，頂著露珠行路。

天色已暗，天色已暗，為什麼還不歸去？

沒有辦法啊，為了你，即便道路泥濘，我只能這樣深一腳淺一腳地四處奔波。

「微君之故」的「君」是誰？有人說是貴族統治者，這又是一首小吏之歌。然而，它所以成為《詩經》中特別著名的一首，難道不是因為它道中了我們的心事？即便心中已有歸意，我們還是會被欲望驅遣，奔波在看不見盡頭的路途上。這首詩的主旨，也可以視為靈魂對於欲望的發問。

邶風 · 泉水

毖彼泉水，亦流于淇。有懷于衛，靡日不思。變彼諸姬，聊與之謀。

出宿于泲，飲餞于禰，女子有行，遠父母兄弟。問我諸姑，遂及伯姊。

出宿于干，飲餞于言。載脂載舝，還車言邁。遄臻于衛，不瑕有害？

我思肥泉，茲之永嘆。思須與漕，我心悠悠。駕言出遊，以寫我憂。

①毖（ㄅㄧˋ）：同「泌」，泉水湧流的樣子。②變（ㄌㄨㄢˊ）：美好的樣子。③泲（ㄐㄧˇ）：即濟水。④禰（ㄋㄧˇ）：地名。⑤舝（ㄒㄧㄚˊ）：貫穿車軸頭的金屬鍵。⑥遄（ㄔㄨㄢˊ）：疾速。⑦臻（ㄓㄣ）：及、至。⑧寫（ㄒㄧㄝˇ）：除去。

FAIR SPRING

The bubbling water flows, From the spring to the stream.
My heart to homeland goes; Day and night I seek to dream.
I'll ask my cousins dear, How I may start from here.
I will lodge in one place, Take my meal in another, And try
to find the trace, How I parted from mother. I'll ask about
aunts dear, On my way far from here.
I'll lodge in a third place, And dine in a fourth one. I'll set
my cab apace; With axles greased twill run. I'll hasten to go
home. Why should I not have come?
When I think of Fair Spring, How can I not heave sighs!
Thoughts of my homeland bring, Copious tears to my eyes.
I drive to find relief, And drown my homesick grief.

泉水奔湧，流入衛國的淇河。遠離家園的我，無一日不思念故國。那些陪我嫁過來的姬姓姊妹都很好，也許可以請她們來參謀。

　　回想當年遠嫁的路，我們住在泲水邊，在禰城飲酒告別。女子出嫁，遠離父母兄弟，我問候我的姑母，還有我的堂姊。

　　如今若是能歸去，可以宿於干城。在言城飲酒告別，車軸油潤，還鄉的車跑得飛快。就這樣飛速回到衛國，難道還有什麼壞處？

　　我懷念家鄉的肥泉，這懷念讓我忍不住嘆息。我又想起須地與漕地，回憶讓我心神蕩漾。我知道這一切都已經成過往，當下不妨駕車出遊，放下我的憂傷。

　　　　舊時女子遠嫁，等於將過往斬斷，重新開始。詩中這個締結跨國婚姻的姑娘，再回家鄉更是難上加難。她只能夠借助回憶與想像，踏上返鄉之路，根據來時的路徑，想像歸去的各種可能。然而終究要醒轉，歸鄉路茫茫，還是眼下駕車出遊來得現實一點。她的白日夢醒了，生活還要繼續。

邶風・北風

北風其涼，雨雪其雱。惠而好我，攜手同行。其虛
其邪？既亟只且！

北風其喈，雨雪其霏。惠而好我，攜手同歸。其虛
其邪？既亟只且！

莫赤匪狐，莫黑匪烏。惠而好我，攜手同車。其虛
其邪？既亟只且！

①雱（ㄆㄤˊ）:雪下得很大的樣子。②邪（ㄒㄩˊ）:慢慢的。③亟（ㄐㄧˊ）:急切。④只且（ㄓˇ ㄐㄩ）:語助詞。⑤喈（ㄐㄧㄝ）:疾速。

THE HARD PRESSED

The cold north wind does blow, And thick does fall the snow.
To all my friends I say, "Hand in hand let us go!
There's no time for delay; We must hasten our way."
The sharp north wind does blow, And heavy falls the snow.
To all my friends I say, "hand in hand let's all go!
There's no time for delay; We must hasten our way. "
Red-handed foxes glow; There hearts are black as crow.
To all my friends I say, "In my cart let us go!
There's no time for delay; We must hasten our way. "

北風呼嘯，大雪盛放如繁花。深愛我的你，請在這一刻拉著我的手離開此地。你的眉間有遲疑，眼睛裡有退縮，難道你看不出危險的氣息埋伏在周圍？我們必須在此刻上路，晚一步就會難以離開。

　　北風吹透衣襟，大雪下得正緊。深愛我的你，請在這一刻拉著我的手，去往可歸棲之地。你還在遲疑嗎？在等待怎樣的時刻？羅網正在我們身後織成，我們必須在此刻遠走高飛。

　　紅色的狐狸在雪地裡跳躍，黑色的烏鴉忽然飛越蒼茫。深愛我的你，還在猶豫嗎？請拉著我的手，讓我們一起乘車離開這裡。

　　《詩經》裡有不少寫私奔的詩，似乎男人總是很遲疑，女人更加積極主動一點。這首詩，也像是女人對男人的說服。她感到危機就在不遠處，縱然舊日深邃，親人的面容浮現其中，習慣了的生活像一隻溫柔的手，讓人無法甩脫，已經踏上不歸路的她，還是決絕地打算在這大雪之日，將從前全部切割。

邶風 · 靜女

靜女其姝，俟我於城隅。愛而不見，搔首踟躕。

靜女其孌，貽我彤管。彤管有煒，說懌女美。

自牧歸荑，洵美且異。匪女之為美，美人之貽。

①俟（ㄙˋ）：等待，這裡指約好地方等待。②城隅（ㄩˊ）：城角的隱蔽處。③踟躕（ㄔˊ ㄔㄨˊ）：徘徊不定。④貽（ㄧˊ）：贈送。⑤荑（ㄊㄧˊ）：白茅，茅之始生也，象徵婚媾。

A Shepherdess

A maiden mute and tall, Trysts me at corner wall.
I can find her nowhere; Perplexed, I scratch my hair.
The maiden fair and mute, Gives me a grass-made lute.
Playing a rosy air, I'm happier than e'er.
Coming back from the mead. She gives me a rare reed,
Lovely not for it's rare: It's given by the fair.

嫻淑的少女，在城樓的角落等我。而我到了，又遍尋不著，我四處徘徊，把頭髮撓了又撓。

　　這嫻淑的少女，曾送我一個彤管。每當我見到它柔潤的光澤，就會想起她姣好的面容。

　　她曾在郊野，摘一把夷草送給我，那夷草實在是美得不同尋常。好吧，誠實說，我珍惜那夷草並不是因為它有多美，而是因為它是自妳的手遞給我的。

　　　　所有的禮物，都是因為饋贈者而變得珍貴的。

邶風・新臺

新臺有泚，河水瀰瀰。燕婉之求，蘧篨不鮮。
新臺有洒，河水浼浼。燕婉之求，蘧篨不殄。
魚網之設，鴻則離之。燕婉之求，得此戚施。

①泚（ちˇ）：鮮明的樣子。②瀰瀰（ㄇㄧˇ ㄇㄧˇ）：水流盛滿的樣子。
③蘧篨（ㄑㄩˊ ㄔㄨˊ）：身體臃腫、不能下俯的病。④洒（ちㄨㄟˇ）：高
峻。⑤浼浼（ㄇㄟˇ ㄇㄟˇ）：水勢盛大。⑥戚施（ㄑㄧ ㄕ）：蟾蜍的別名，
其四足據地，無鬚，不能仰視，喻貌醜駝背之人。

THE NEW TOWER

How bright is the new tower, On brimming river deep!
Of youth she seeks the flower, Not loathsome toad to keep.
How high is the new tower, On tearful river deep!
Of youth she seeks the flower, No stinking toad to keep.
A net for fish is set; A toad is caught instead.
The flower of youth she'll get, Not a hunchback to wed.

那宮殿鮮明璀璨，建在滔滔黃河邊。都說我將嫁給這城中最出色的少年，出現在我眼前的，卻是一隻醜陋的癩蛤蟆。

那宮殿巍峨聳立，黃河奔流不息。我等待與這城中最出色的少年相遇，施施然前來的，卻是這蒼老醜陋的嘴臉。

如漁夫撒網，我曾對未曾開啟的生活滿懷憧憬，希望打撈到最美的收穫。然而命運神出鬼沒，你期待王子，它贈你以蛤蟆。

衛宣公為兒子伋聘齊侯之女為妻，有人告訴他這姑娘很美，他色心一動，中間截了胡，在她必經的路途建起行宮，將兒媳婦變成了自己的老婆。這個姑娘後來被立為夫人，稱作宣姜。

宣姜到底怎麼想，沒有人清楚，歷史上的她只是靜默地接受了這命運，後來為了自己所生的兒子，還對伋下了黑手，也算是黑化了。但是在這首詩裡，作者對於最初那個無辜的少女，依然寄予深刻的同情，「洗手淨指甲，做鞋泥裡踏」，她也曾虔誠地遙望自己的命運，如遙望皎潔月光，哪曾想會一步跌入深淵，越陷越深，以至於只能化作毒婦，才可生存。這首詩寫的是她的最初，也是歷史很多「壞女人」的最初。

邶風‧二子乘舟

二子乘舟，泛泛其景。願言思子，中心養養！
二子乘舟，泛泛其逝。願言思子，不瑕有害！

①養養（一九ˇ 一九ˇ）：憂心不定的樣子。②瑕（ㄏㄨˊ）：訓「胡」，通
「無」。

Two Sons in a Boat

My two sons take a boat; Downstream their shadows float.
I miss them when they're out; My heart is tossed about.
My two sons take a boat; Far, far away they float.
I think of them so long. Would no one do them wrong!

那兩個少年一起坐船，飄飄蕩蕩去往彼岸。我擔心他們無法抵達終點，心中的憂思，如這水波，蕩漾無邊。

那兩個孩子一起坐船，船兒在江中悠悠蕩蕩。我祝福他們一帆風順，但願不至於遇上災難。

這首詩講的就是宣姜黑化之後的事。她為衛宣公生下公子壽和公子朔，不知道是為了幫兒子爭寵，還是因為公子伋的存在本身就令她不快，她在衛宣公面前進讒言，衛宣公決定將伋暗殺掉。

公子壽宅心仁厚，裝扮成哥哥的樣子，替哥哥赴難。公子伋隨後趕來，看到弟弟已死去，不勝悲痛，主動要求刺客把自己殺掉。「二子乘舟」是個比喻，比喻他們一同飄蕩在命運的激流上，讓人看了為之擔憂。至於注視他們的那一雙眼睛是誰並不重要，可以是他們的親人，也可以是後世讀者。短短幾句詩，有著極其強烈的臨場感，讓讀者對兩位公子的處境感同身受。

3

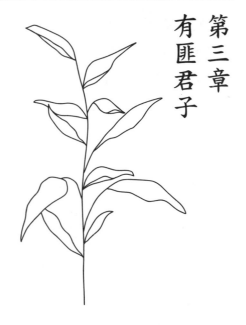

有匪君子

第三章

A GENTLEMAN
OF NOBLE CHARACTER

鄘風‧鶉之奔奔

鶉之奔奔，鵲之彊彊。人之無良，我以為兄。
鵲之彊彊，鶉之奔奔。人之無良，我以為君。

①鶉（ㄔㄨㄣˊ）：即鵪鶉。②彊（ㄑㄧㄤˊ）：通「強」。「奔奔」、「彊彊」
皆是形容居有常匹，飛則相隨的意思。

MISFORTUNE

The quails together fly; The magpies sort in pairs.
She takes an unkind guy, For brother unawares.
The magpies sort in pairs; The quails together fly.
For master unawares, She takes an unkind guy.

禿尾巴鵪鶉故作凶相，小小的喜鵲假裝器宇軒昂。那個
人明明壞了良心，我卻要將他視作兄長。

　　禿尾巴鵪鶉故作凶相，小小的喜鵲假裝器宇軒昂。那個
人明明德性堪憂，卻是我的國君。

　　「奔奔」與「彊彊」，《毛傳》解釋為是「居有
常匹」，說這首詩是諷刺貴族淫亂的。鵪鶉和
喜鵲尚知成雙成對，貴族們卻不能夠對配偶忠
貞，聊為一說。

　　《禮記・表記》則把這兩句直接寫成「鵲之
姜姜，鶉之賁賁」，鄭玄注為「姜姜、賁賁，
爭鬥惡貌也」，似乎更加符合形象。把某些道
貌岸然的「大人物」的色厲內荏刻畫得更加生
動，然而，即便你窺見了他們內裡的不堪又如
何？還是要以他們為「兄」、為「君」，那種無
奈，更讓人痛苦。

衛風・淇奧

瞻彼淇奧，綠竹猗猗。有匪君子，如切如磋，如琢如磨。

瑟兮僩兮，赫兮咺兮。有匪君子，終不可諼兮。

瞻彼淇奧，綠竹青青。有匪君子，充耳琇瑩，會弁如星。

瑟兮僩兮，赫兮咺兮。有匪君子，終不可諼兮。

瞻彼淇奧，綠竹如簀。有匪君子，如金如錫，如圭如璧。

寬兮綽兮，猗重較兮。善戲謔兮，不為虐兮。

①猗猗（ㄧ ㄧ）：美盛的樣子。②匪：通「斐」，文采。③瑟：莊重。④僩（ㄒㄧㄢˋ）：威嚴。⑤咺（ㄒㄩㄢˇ）：威儀顯著。⑥諼（ㄒㄩㄢ）：忘記。⑦琇瑩：似玉的美石，寶石。⑧會弁（ㄎㄨㄞˋ ㄅㄧㄢˋ）：束髮之冠。⑨簀（ㄗㄜˊ）：竹席。⑩猗（ㄧˇ）：通「倚」，依靠。⑪謔（ㄋㄩㄝˋ）：開玩笑。

DUKE WU OF WEI

Behold by riverside, Green bamboos in high glee. Our duke is dignified, Like polished ivory, And stone or jade refined. With solemn gravity, And elevated mind, The duke we love a lot, Should never be forgot.

Behold by riverside, Bamboos with soft green shade. Our duke is dignified, When crowned with strings of jade, As bright as stars we find. With solemn gravity, And elevated mind, The duke we love a lot, Should never be forgot.

Behold by riverside, Bamboos so lush and green. Our duke is dignified, With gold-or tin-like sheen. With his sceptre in hand, He is in gentle mood; By his chariot he'd stand; At jesting he is good, But he is never rude.

80

在淇水蜿蜒處，綠竹修長，那蘊藉風流的男子，有如象牙經過漫長的切磋，有如美玉經過不倦的琢磨。他舉止雍容，儀表莊重，像這樣的男子，讓我怎能將他忘記？

　　在淇水的蜿蜒處，綠竹青青，那蘊藉風流的男子，冠冕上的寶石垂飾瑩潤有光，帽子上的寶石鑲嵌像星星那樣閃亮。他舉止雍容，儀表莊重，像這樣的男子，我永遠無法將他忘記。

　　在淇水的蜿蜒處，綠竹葳蕤，又深又密，那蘊藉風流的男子，可以用世間最閃亮的珍寶來形容。他像金又如錫，似圭又如璧。他雍容揖讓，進退有據，隨便靠在車子的橫木上，也是那樣令人神往。他擅長開玩笑，卻不會對他人造成傷害，只因他有發自內心的友善，柔和了他的光芒。

　　如果從文學史上評選出一位「魅力男子」，應是這位君子。他衣著華麗，舉止從容，待人友善，還有一種天然的幽默感，但這些都不是最重要的。他的迷人之處在於，他的魅力並不是天生的，而是如切如磋如琢如磨地打磨出來的。

　　「如切如磋如琢如磨」這八個字，背後是堅韌、自律，對於完美的不懈追求。每一時刻都認真對待，才能成就這溫潤如玉的君子。

衛風・考槃

考槃在澗，碩人之寬。獨寐寤言，永矢弗諼。
考槃在阿，碩人之薖。獨寐寤歌，永矢弗過。
考槃在陸，碩人之軸。獨寐寤宿，永矢弗告。

①考槃（ㄆㄢˊ）：盤桓之意，指避世隱居。一說指扣盤而歌。②澗（ㄐㄧㄢˋ）：山間流水的溝。朱熹《詩集傳》：「山夾水曰澗。」③寤（ㄨˋ）：睡醒。④弗諼：不忘卻。⑤薖（ㄎㄜ）：貌美，引申為寬大。

A HAPPY HERMIT

By riverside unknown, A hermit builds his cot.
He sleeps, wakes, speaks alone: Such joy won't be forgot.
By mountainside unknown, A hermit will not fret.
He sleeps, wakes, sings alone: A joy never to forget.
On wooded land unknown, A hermit lives, behold!
He sleeps, wakes, dwells alone: A joy ne'er to be told.

他在那澗邊叩盤而歌，賢者的天地無限寬廣。他獨睡獨醒只跟自己聊天，他發誓永遠不會忘記初心。

他在山坡旁叩盤而歌，賢者的世界無限浩蕩。他獨睡獨醒獨自高歌，他發誓永遠不與那俗世過從。

他在那平地上叩盤而歌，賢者的世界無限喜悅。他獨睡獨醒獨自長嘯，他發誓絕不把自己的快樂向世人宣告。

「考槃」二字，有人解釋成建造木屋，也有人解釋成叩擊樂器，這裡取後者。

這是一首孤獨者之歌，也是一首狷狂者之歌。詩裡的「碩人」立意要自絕於俗世，獨來獨往，旁若無人地嘯歌，彷彿是一位「流浪大師」，不想跟世人有任何交流。

中國文化裡不乏這樣的高士形象，只是誰也沒有他做得孤絕。陶淵明尚且「結廬在人境」，並與鄰居們頗有過從，這位「碩人」卻斬斷一切社會關係，一個人就是一座城池。真的有這樣一個人嗎？還是，他只是詩人面對令人厭倦的世界時，忽然生出的一種想像？

衛風・氓

氓之蚩蚩，抱布貿絲。匪來貿絲，來即我謀。送子
涉淇，至于頓丘。匪我愆期，子無良媒。將子無怒，
秋以為期。

乘彼垝垣，以望復關。不見復關，泣涕漣漣。既見
復關，載笑載言。爾卜爾筮，體無咎言。以爾車來，
以我賄遷。

①氓（ㄇㄤˊ）：野民。②蚩蚩（ㄔ ㄔ）：通「嗤嗤」，形容笑聲。③匪：
通「非」，不是。④愆（ㄑㄧㄢ）：耽擱、錯過。⑤垝垣（ㄍㄨㄟˇ ㄩㄢˊ）：
毀壞的牆壁。⑥涕泣漣漣（ㄊㄧˋ ㄑㄧˋ ㄌㄧㄢˊ ㄌㄧㄢˊ）：流淚哭泣的
樣子。⑦爾卜爾筮（ㄕˋ）：灼燒龜甲或牛骨，辨視其裂紋以推斷事情
吉凶的行為叫「卜」。用蓍草占卜吉凶的方法叫「筮」。

A Faithless Man

A man seemed free from guile; In trade he wore a smile.
He'd barter cloth for thread; No, to me he'd be wed. I saw
him cross the ford, But gave him not my word. I said by
hillside green: "You have no go-between. Try to find one, I
pray. In autumn be the day."
I climbed the wall to wait, To see him pass the gate. I did
not see him pass; My tears streamed down, alas! When I
saw him pass by, I'd laugh with joy and cry. Both reed and
tortoise shell, Foretold all would be well. "Come with your
cart," I said, "To you I will be wed."

桑之未落，其葉沃若。于嗟鳩兮，無食桑葚！于嗟女兮，無與士耽！士之耽兮，猶可說也。女之耽兮，不可說也。

桑之落矣，其黃而隕。自我徂爾，三歲食貧。淇水湯湯，漸車帷裳。女也不爽，士貳其行。士也罔極，二三其德。

⑧說：通「脫」，指解脫。⑨徂（ㄘㄨˊ）：往、去。⑩湯湯（ㄕㄤ ㄕㄤ）：水流盛大的樣子。⑪罔極（ㄨㄤˇ ㄐㄧˊ）：無窮，指反覆無常。

How fresh were mulberries, With their fruit on the trees! Beware, O turtledove, Eat not the fruit of love! It will intoxicate. Do not repent too late! Man may do what he will; He can atone it still. No one will e'er condone, The wrong a woman's done.

The mulberries appear, With yellow leaves and sear. E'er since he married me, I've shared his poverty. Deserted, from him I part; The flood has wet my cart. I have done nothing wrong; He changes all along. He's fickle to excess, Capricious, pitiless.

衛風 · 氓

三歲為婦，靡室勞矣。夙興夜寐，靡有朝矣。言既
遂矣，至于暴矣。兄弟不知，咥其笑矣。靜言思之，
躬自悼矣。

及爾偕老，老使我怨。淇則有岸，隰則有泮。總角
之宴，言笑晏晏。信誓旦旦，不思其反。反是不思，
亦已焉哉！

⑫咥（ㄒㄧˋ）：形容笑聲。⑬隰（ㄒㄧˊ）：低濕的地方。⑭泮（ㄆㄢˋ）：
通「畔」，邊的意思。⑮言笑晏晏：形容言談舉止和悅閒適。

A FAITHLESS MAN

Three years I was his wife, And led a toilsome life. Each day I
early rose, And late I sought repose. But he found fault with
me, And treated me cruelly. My brothers who didn't know,
Let their jeers at me go. Mutely I ruminate, And I deplore
my fate.

I'd live with him till old; My grief was not foretold. The
endless stream has shores; My endless grief e'er pours.
When we were girl and boy, We'd talk and laugh with joy.
He pledged to me his troth. Could he forget his oath? He's
forgot what he swore. Should I say any more?

我還記得那時他總是笑嘻嘻，抱著布匹跟人說是來換絲。我知道他哪是要換什麼絲，心裡轉的是和我有關的主意。然而我無法讓他如願，只是默默送他渡過那淇水，再到頓丘。我心裡充滿甜蜜的不安，對他說並不是我拖泥帶水，你還沒有請來良媒，我怎麼能夠就這樣和你在一起？請你不要生氣，願秋天是我們的婚期。

　　那些日子我登上那高大的城牆，想要看他在城外的關卡出現，然而他蹤跡全無，忍不住失望，讓我淚水漣漣。忽然看見他自城外而來，笑容不由得出現在我臉上。我們有說不完的話，任何事都能觸動笑點。嫁娶就此啟動，占卜、算卦，上天告訴我們，一切都會非常美滿。他駕著車子來到我家，帶著我和我的嫁妝，奔向明媚的未來。

　　桑樹韶華正盛，綠葉發華滋，令人目眩。我想寄語小斑鳩啊，不要去啄食桑椹，就像年輕的女子，不要隨便與男子相戀。男人若是愛上女人，解脫出來太容易。女人若是深陷愛情，就是陷入深淵。

　　桑樹葉子逐漸落下，慢慢枯黃，零落成泥。自從我嫁到你家，有好幾年過的都是窮日子，我從不曾有過怨言，哪曾想有一天會被你遣返。坐在回娘家的車子上，淇水濤濤，濺濕布幔。我裹著涼意想，你一定不記得，我曾經送你到這裡。物是人非，人何以堪？我自問自己並無過錯，是你朝三暮四不可靠。

衛風・氓

　　我嫁入你家這些年，哪件家務不是我在操持？我日日起早貪黑，換得家境改善，你待我卻是不復從前。我想把這些煩惱說給兄弟們聽，他們全無心肝地哈哈大笑，似乎是我小題大做。我默默地回轉，只能獨自悲傷。

　　當年我們曾約定白頭偕老，未曾想歲月留下的只是怨恨。淇水總有岸，窪地自有邊。想起少年時逝去的好年華，我們在一起說笑，許下天長地久的誓約，誰想到會是今天這般局面。我猜側當初你早就忘得一乾二淨，好吧，我還能說什麼呢！

　　孔子說《詩經》，「溫柔敦厚，怨而不怒，哀而不傷」，在這首詩裡體現得特別明顯。女主人公嫁了個負心漢，被厭棄之時，她回憶過去那些點點滴滴，儘管委屈，卻也重現了當初的美好，讓讀者感受到，那是她記憶中的珍寶。

　　即使到最後，她也沒有咬牙切齒，只是怨恨他的健忘，並對這健忘無可奈何。這是一個特別厚道的女人，可惜不被老天善待，不過她用她的溫厚保全了那份記憶，這是她予以自己的一點點安慰。

衛風・竹竿

籊籊竹竿，以釣于淇。豈不爾思？遠莫致之。
泉源在左，淇水在右。女子有行，遠兄弟父母。
淇水在右，泉源在左。巧笑之瑳，佩玉之儺。
淇水滺滺，檜楫松舟。駕言出遊，以寫我憂。

①籊籊（ㄊㄧˋ ㄊㄧˋ）：修長纖細的。②瑳（ㄘㄨㄛ）：形容玉色潔白，指露齒巧笑狀。③儺（ㄋㄨㄛˊ）：通「娜」，婀娜，指行動有節奏的樣子。④滺（ㄧㄡ）：河水蕩漾狀。⑤檜楫（ㄍㄨㄟˋ ㄐㄧˊ）：檜木做的槳。

A LOVESICK FISHERMAN

With long rod of bamboo, I fish in River Qi.
Home, how I long for you, Far-off a thousand li!
At left the Spring flows on; At right the River clear.
To wed they saw me gone, Leaving my parents dear.
The River clear at right, At left the Spring flows on.
O my smiles beaming bright, And ringing gems are gone!
The long, long River flows, With boats of pine home-bound.
My boat along it goes. O let my grief be drowned!

細細長長的竹竿，在淇水上悠悠垂釣，讓我怎能不想念那時光，隔山隔水無法還鄉。

泉源在左邊，淇水在右邊。女子出嫁，遠離兄弟父母。

淇水在右邊，泉源在左邊。我出嫁的那一天，也曾笑容燦爛，人人都說我的牙齒如美玉，環佩壓在我婀娜的腰間。那時我還不知道我會如此懷念正在向後退去的一切，我的家鄉，我最美的時光。

淇水悠悠流淌，松做的舟，檜木做的槳，這些都已經留在昨日。我只能駕著我的小船出遊，假裝，又回到淇水邊上。

> 對於這個遠嫁的女子，淇水有著更加豐富的意味，它是和親人，和更加年輕美好的自己聯繫在一起的。在淇水邊，那些原本普通的活動，也因此具有了某種光環。比如垂釣，比如划船，當時只道是尋常，在無法複製之後，便有了令人悵惘的光芒。
>
> 有時我們懷念一個地方，只是懷念一段時光。

衛風・河廣

誰謂河廣？一葦杭之。誰謂宋遠？跂予望之。
誰謂河廣？曾不容刀。誰謂宋遠？曾不崇朝。

①跂（ㄑㄧˋ）：通「企」，踮腳、提起腳跟。②刀：小船。③崇朝
（ㄔㄨㄥˊ ㄓㄠ）：整個早晨，形容時間極短。

THE RIVER WIDE

Who says the River's wide? A reed could reach the other side.
Who says Song's far-off? Lo! I could see it on tiptoe.
Who says the River's wide? A boat could reach the other side.
Who says Song's far away? I could reach it within a day.

誰說黃河寬廣？借一葉蘆葦就能渡過。誰說宋國遙遠，踮起腳跟就能看見。

　　誰說黃河寬廣，竟然容不下一條小船。誰說宋國遙遠，一個早晨就就能抵達。

　　距離很玄，不完全是物理概念。李白詩曰：「朝辭白帝彩雲間，千里江陵一日還。」輕快的心情能夠增加速度感。而這個思鄉心切的作者，會覺得故鄉踮一下腳就能看到，一個早晨就能抵達。地理上的距離如此之近，現實卻讓他隔山隔水。那種反差感，是這首詩的微妙之處，也是現代人對於懸掛在眼前終究無法摘取的夢想的感覺。

衛風・有狐

有狐綏綏，在彼淇梁。心之憂矣，之子無裳。
有狐綏綏，在彼淇厲。心之憂矣，之子無帶。
有狐綏綏，在彼淇側。心之憂矣，之子無服。

①綏綏（ㄙㄨㄟ／ㄙㄨㄟ／）：慢走貌。朱熹《詩集傳》訓為獨行求匹貌。
②淇：河川名。③梁：河樑，河中壘石而成，可以過人，可以攔魚。
④之子：這個人、那個人。⑤厲：水深及腰，可以涉過之處。

A LONELY HUSBAND

Like lonely fox he goes, On the bridge over there.
My heart sad and drear grows: He has no underwear.
Like lonely fox he goes, At the ford over there.
My heart sad and drear grows: He has no belt to wear.
Like lonely fox he goes, By riverside o'er there.
My heart sad and drear grows: He has no dress whate'er.

一隻狐狸慢慢地走，在那淇水橋樑上。我心中的憂愁跟誰說？想起那個人沒有下裳。

一隻狐狸慢慢地走，轉到淇水的渡口旁。我心中的憂愁說不出來，想起那個人沒有衣帶。

一隻狐狸慢慢地走，我隔著淇水朝牠望。我的心中充塞著愁苦，想起那個人沒有衣服。

　　這是一首思念之詩，然而首先進入讀者視野的，卻是一隻默默行走的狐狸。有人說是狐狸的皮毛讓主人公浮想聯翩，也有人說獨行的狐狸，喚醒主人公內心的孤獨。其實，這隻狐狸也可以不代表什麼，主人公只是望著遠方發怔。看見狐狸不斷改變方位，從橋上，到渡口，到對岸，都不能入她心。她眼中有世間一切，心中卻只有自己的愛人。

94

衛風・木瓜

投我以木瓜，報之以瓊琚。匪報也，永以為好也！
投我以木桃，報之以瓊瑤。匪報也，永以為好也！
投我以木李，報之以瓊玖。匪報也，永以為好也！

①瓊琚（ㄑㄩㄥˊ ㄐㄩ）：美玉。②瓊瑤：美麗的玉石。③玖（ㄐㄧㄡˇ）：比玉稍差的黑色美石。

GIFTS

She throws a quince to me; I give her a green jade,
Not in return, you see, But to show acquaintance made.
She throws a peach to me; I give her a white jade,
Not in return, you see, But to show friendship made.
She throws a plum to me; I give her jasper fair,
Not in return, you see, But to show love fore'er.

你送我以木瓜，我送你以玉佩。不是為了回報，只是希望能夠兩情永相好。

　　你送我以木桃，我送你以美玉。不是為了回報，只是希望能夠兩情永相好。

　　你送我以木李，我送你以寶石。不是為了回報，只是希望能夠兩情永相好。

　　朱熹解釋這首詩，說是「言有人贈我以微物，我當報之以重寶，而猶未足報也，但欲長以為之好而不忘也」。這個道理，還是有微物與重寶之差別，有收買感情的嫌疑。倒是用張愛玲的說法解釋起來更好：「真愛就是不問值得不值得。」剛好你手中有木瓜，剛好我手中有瓊瑤，我們以自己手中所有相贈，永以為好，這就是全部了，是微物還是重寶，都不重要。

王風・君子于役

君子于役，不知其期，曷其至哉？

雞棲于塒，日之夕矣，羊牛下來。

君子于役，如之何勿思！

君子于役，不日不月，曷其有佸？

雞棲于桀，日之夕矣，羊牛下括。

君子于役，苟無飢渴！

①曷（ㄏㄜˊ）：何時。②塒（ㄕˊ）：鑿牆做成的雞窩。③佸（ㄏㄨㄛˊ）：到、至。④桀（ㄐㄧㄝˊ）：雞窩中供雞棲息的橫木。⑤括（ㄍㄨㄚ）：來到。

MY MAN IS AWAY

My man's away to serve the State; I can't anticipate, How long he will there stay? Or when he'll be on homeward way.
The sun is setting in the west; The fowls are roosting in their nest; The sheep and cattle come to rest.
To serve the State my man's away. How can I not think of him night and day?
My man's away to serve the State; I can't anticipate. When we'll again have met.
The sun's already set; The fowls are roosting in their nest; The sheep and cattle come to rest.
To serve the State my man's away. Keep him from hunger and thirst, I pray.

我的丈夫在遠方服勞役，我不知道何時是歸期，什麼時候他才能回到家裡。此刻是黃昏，雞飛到窠穴裡過夜，太陽緩緩降落，羊牛成群，從田野上歸來，我的丈夫卻還在遠方服勞役，讓我如何不想念他？

我的丈夫在遠方服勞役，我無法計算與他分開的日日月月，也不知道什麼時候能夠再相會。在這樣的傍晚，雞飛上木架歇息，羊牛成群，如水一般下坡，我的丈夫卻在遠方服勞役，他真的沒有忍飢挨餓？

想念可以是「天長路遠魂飛苦，夢魂不到關山難」式的片刻難耐，也可以是「苟無飢渴」這日常的關懷。高人說禪，總說不過是「穿衣吃飯」，愛情如禪，到了高處，也不過是「穿衣吃飯」。不需要特別的紀念了，思念融化進日常勞作，看雞棲於塒，看羊牛下來，思緒悠然與愛意相接，才不會熄滅乾涸，是終極的天長地久。

王風 · 君子陽陽

君子陽陽，左執簧，右招我由房。其樂只且！
君子陶陶，左執翿，右招我由敖。其樂只且！

①簧（ㄏㄨㄤˊ）：古時的一種吹奏樂器，竹製，似笙而大。②翿（ㄉㄠˋ）：古代羽舞所用的旌旗，多用五彩野雞羽毛做成，扇形。

WHAT JOY

My man sings with delight: In his left hand a flute of reed,
He calls me to sing with his right, What joy indeed!
My man dances in delight; In his left hand a feather-screen,
He calls me to dance with his right. What joy foreseen!

他跳得得意洋洋，左手拿著笙簧，右手邀我去遊戲，還可以再快樂一點嗎？

他跳得神采飛揚，左手將那羽飾搖，右手邀我去遊樂，實在不能更快樂了。

舞蹈是快樂的，詩裡這位「君子」跳得特別快樂，還邀請別人加入這種快樂。這首詩極富感染力，還有一種後現代之感，不試著「詩以言志」，只是表達一種簡單的快樂。

奈何越是簡單的事物越容易被理解得複雜，《詩序》說這是樂官遇上亂世，招下屬一起歸隱，朱熹則說這是征夫歸來全家歡聚的場面。兩者都未免牽強，只能說，他們大概都無法想像舞蹈本身的快樂吧。

王風・兔爰

有兔爰爰，雉離于羅。我生之初，尚無為；我生之後，逢此百罹。尚寐無吪！

有兔爰爰，雉離于罦。我生之初，尚無造；我生之後，逢此百憂。尚寐無覺！

有兔爰爰，雉離于罿。我生之初，尚無庸；我生之後，逢此百凶。尚寐無聰！

①爰爰（ㄩㄢˊ ㄩㄢˊ）：自由自在的樣子。②雉（ㄓˋ）：野雞。③百罹（ㄌㄞˇ ㄌㄧˊ）：多種憂患。④吪（ㄜˊ）：行動。⑤罦（ㄈㄨˊ）：捕鳥獸的網，又叫覆車網。⑥罿（ㄔㄨㄥ）：捕捉鳥獸的網。

PAST AND PRESENT

The rabbit runs away, The pheasant in the net. In my earliest day, For nothing did I fret; In later years of care, All evils have I met. O I would sleep fore'er.

The rabbit runs away, The pheasant in the snare. In my earliest day, For nothing did I care; In later years of ache, I'm in grief and despair. I'd sleep and never wake.

The rabbit runs away, The pheasant in the trap. In my earliest day, I lived without mishap; But in my later year, All miseries appear. I'd sleep and never hear.

狡兔逍遙在路上走，老實的野雞鑽入羅網。我剛出世時，天下尚且無事；我出生之後，遇到這各種磨難，不如長睡不出聲。

　　狡兔逍遙地走自己的路，老實的野雞鑽入羅網。我剛出生時，天下尚且安逸，沒有服不完的勞役；我出生之後，遇到這各種煩憂，不如長睡不復醒。

　　狡兔逍遙地蹦蹦躂躂，老實的野雞鑽入羅網。我剛出生時，天下尚且從容，不用為服役日夜辛勞；我出生之後，遇到意想不到的風險，不如長睡，什麼都不再聽。

　　　狡猾的人善於鑽空子，即便作惡，也很容易避開陷阱。老實人循規蹈矩，卻總是一不小心就掉進大坑。這種情況，古今皆然。老實人無法對抗，只能怪自己命不好，生錯了時代。

　　　不過即便不是亂世中人，回想童年，也會覺得那時光明如月，靜如水，無憂無慮。並不是那時代更加美好，只是父母替我們擋在前頭。

王風‧葛藟

綿綿葛藟，在河之滸。終遠兄弟，謂他人父。謂他
人父，亦莫我顧。

綿綿葛藟，在河之涘。終遠兄弟，謂他人母。謂他
人母，亦莫我有。

綿綿葛藟，在河之漘。終遠兄弟，謂他人昆。謂他
人昆，亦莫我聞。

①葛藟（ㄍㄜˊ ㄌㄟˇ）：葛和藟皆為植物名。②滸（ㄏㄨˇ）：水邊。③涘（ㄙˋ）：水邊、岸邊。④漘（ㄔㄨㄣˊ）：水邊。⑤昆：兄。

A Refugee

Creepers spread all the way, Along the river clear.
From brothers far away, I call a stranger "father dear."
Though called "dear father", he seems not to care for me.
Creepers spread all the way, Beside the river clear.
From brothers far away, I call a stranger "mother dear."
Though called "dear mother", she seems not to cherish me.
Creepers spread all the way, Beyond the river clear.
From brothers far away, I call a stranger "brother dear."
Though called "dear brother", he seems not to pity me.

綿長的葛與藤，纏繞在水邊。我遠離兄弟，以他人為父。即便喊他人為父親，人家也不肯多看我一眼。

綿長的葛與藤，纏繞在水邊。我遠離兄弟，以他人為母。即便喊他人為母親，人家也不肯給我一點好臉色。

綿長的葛與藤，纏繞在水邊。我遠離兄弟，以他人為手足。即便喊了人家哥哥，人家也不願意搭理我。

親情是人世間不可或缺的感情，但並不是每個人都能幸運擁有。主人公流浪在陌生人之間，一再用自己的熱臉去碰別人的冷眼。在感情上，他不似葛與藤，能夠與他人牽纏。詩中的「兄弟」二字，不必拘泥地僅僅視為血親，也可以是感情上的一種牽連。

這首詩可與劉震雲的《一句頂一萬句》共讀。河南省的農民吳摩西從小飽受各種欺凌，父親、哥哥、妻子，都是不肯看顧他的陌生人，他上下尋找精神的慰藉，那個能夠跟他說句話的人，就是他精神上的「兄弟」。

王風・采葛

彼采葛兮，一日不見，如三月兮。
彼采蕭兮，一日不見，如三秋兮。
彼采艾兮，一日不見，如三歲兮。

ONE DAY WHEN I SEE HER NOT

To gather vine goes she. I miss her whom I do not see,
One day seems longer than months three.
To gather reed goes she. I miss her whom I do not see,
One day seems long as seasons three.
To gather herbs goes she. I miss her whom I do not see,
One day seems longer than years three.

那個人採葛去了啊，沒有看見她的這一天，長如三個月啊！

　　那個人採蕭去了啊，沒有看到她的這一天，長如三季啊！

　　那個人採艾去了啊，沒有看見她的這一天，長如三年啊！

　　他最初以為，不能夠見到她的一天，像三個月那麼漫長。隨著時間的推進，那種漫長感遞增到了三個季度，再到三年。最初我們常常低估自己的感情，不知道感情這種事上，沒有類似物理學那種規律。看著輕如鴻毛的感情，不知怎地，忽然就重如泰山起來。

　　　　　　　　燕燕于飛──最美的詩經英譯新詮

王風・大車

大車檻檻，毳衣如菼。豈不爾思？畏子不敢。
大車啍啍，毳衣如璊。豈不爾思？畏子不奔。
穀則異室，死則同穴。謂予不信，有如皦日！

①檻檻（ㄐㄧㄢˋ ㄐㄧㄢˋ）：擬聲詞，形容車行聲。②毳衣（ㄘㄨㄟˋ ㄧ）：古代王公大夫所穿的毛織衣服。③菼（ㄊㄢˇ）：初生的蘆葦，也叫荻，莖較細而中間充實，顏色青綠。④啍啍（ㄊㄨㄣ ㄊㄨㄣ）：遲重緩慢的樣子。⑤璊（ㄇㄣˊ）：紅色美玉，此處喻紅色車篷。⑥穀：生、活著。⑦皦日（ㄐㄧㄠˇ ㄖˋ）：明亮的太陽。

TO HER CAPTIVE LORD

Rumbling your cart, Reedlike your gown, I miss you in my heart. How dare I make it known?
Rattling your cart, Reddish your gown, I miss you in my heart. How dare I have it shown?
Living, we dwell apart; Dead, the same grave we'll share.
Am I not true at heart? By the bright sun I swear.

我的耳朵早已能夠識別你乘坐的大車的聲音，我遠遠看著車上的你，你的華服上有著初生蘆葦的光澤。我怎麼可能不想念你，但我怕你不敢如我愛你這般愛我。

你乘坐的大車遲緩地駛過，我遠遠看著車上的你，你的華服上有赤玉的光澤。我怎麼可能不想念你，但我怕你不敢和我一起遠走高飛。

活在這世上，我們咫尺天涯，九泉之下，我要和你一個墓穴。你不信我的話嗎？那麼就讓這照亮世間一切的太陽，來為我作證。

彷彿是一場獨角戲，詩中的女子連對方是不是願意跟自己一起私奔都不確定，就發誓賭咒說要跟人家一個墳墓。清代的方玉潤因此不同意這只是一對有情男女，他說，男女縱然有情，誰為他們收屍合葬？

然而誓言在許多時候，只是表達一種願望，或者，一種心情。這是一個淒涼的夢想，他們應該不是同一個階層的人，她覺得他的愛是奢侈品，不敢相信自己能夠拿到，只能想像交付這生命，也許就能夠和他在一起。她在想像中快樂著，也悲壯著和崇高著，至於事實如何，陷入愛情裡的人不想深究。

4

第四章
山有扶蘇

UPHILL
STANDS MULBERRY

鄭風・將仲子

將仲子兮，無逾我里，無折我樹杞。豈敢愛之？畏
我父母。仲可懷也，父母之言，亦可畏也。

將仲子兮，無逾我牆，無折我樹桑。豈敢愛之？畏
我諸兄。仲可懷也，諸兄之言，亦可畏也。

將仲子兮，無逾我園，無折我樹檀。豈敢愛之？畏
人之多言。仲可懷也，人之多言，亦可畏也。

①杞（ㄑㄧˇ）：樹名，即杞柳。落葉喬木，樹如柳葉，木質堅實。
②檀（ㄊㄢˊ）：樹名，常綠喬木。

CADET MY DEAR

Cadet my dear, Don't leap into my hamlet, please, Nor
break my willow trees! Not that I care for these; It is my
parents that I fear. Much as I love you, dear, How can I not
be afraid, Of what my parents might have said!
Cadet my dear, Don't leap over my wall, please, Nor break
my mulberries! Not that I care for these; It is my brothers
that I fear. Much as I love you, dear, How can I not be
afraid, Of what my brothers might have said!
Cadet my dear, Don't leap into my garden, please, Nor
break my sandal trees! Not that I care for these; It is my
neighbors that I fear. Much as I love you, dear, How can I
not be afraid, Of what my neighbors might have said!

二哥哥啊，你不要翻我們家巷子，不要弄斷那樹枝。我哪裡是珍惜那樹枝，二哥哥你縱然讓我想念，我卻也不能不怕父母之言啊！

　　二哥哥啊，你不要翻我們家院牆，不要弄折那樹枝。我怎麼會珍惜樹枝，二哥哥我固然想念你，但我兄長們的話我也不敢不聽啊！

　　二哥哥啊，你不要翻我們家的菜園，不要弄折那樹枝。我怎麼會珍惜樹枝，二哥哥我無時無刻不在思念你，可是街坊鄰居的說長道短，我也不能不懼啊！

　　不是所有的有情人都有孤注一擲的勇氣，「牆頭馬上遙相顧，一見知君即斷腸」只是屬於某些勇者。「感君松柏化為心，暗合雙鬟逐君去」，最後的結局卻是「為君一日恩，誤妾百年身」的悲涼。更多人，會像個這個姑娘一樣，有著「仲可懷也，人之多言，亦可畏也」的猶豫。在當時，這種猶豫，也許是對於這個姑娘的一種保護，激情與安全，總是不可得兼。

鄭風‧叔于田

叔于田，巷無居人。豈無居人？不如叔也，洵美且
仁。

叔于狩，巷無飲酒。豈無飲酒？不如叔也，洵美且
好。

叔適野，巷無服馬。豈無服馬？不如叔也，洵美且
武。

①洵（ㄒㄩㄣˊ）：真實、確實。②適（ㄕˋ）：往、至。

THE YOUNG CADET

The young cadet to chase has gone; It seems there's no man
in the town. Is it true there's none in the town? It's only that
I cannot find, Another hunter so handsome and kind.
The young cadet's gone hunting in the wood. In the town
there's no drinker good. Is it true there's no drinker good? In
the town no drinker of wine, Looks so handsome and fine.
The young cadet has gone to countryside; In the town
there's none who can ride. Is it true there's none who can
ride? I cannot find among the young and old, Another rider
so handsome and bold.

他打獵出了門，巷子就空了，難道真的一個人也沒有嗎？只是都不像他那麼美好仁義啊！

他打獵出了門，巷子裡再也沒有人飲酒了，難道別人都不喝酒了？只是都不像他那麼美好又善良啊！

他打獵出了門，巷子裡就沒有人騎馬了，怎麼可能沒有人騎馬呢？只是誰也不像他騎得那麼美好又威武啊！

這是一本正經的胡說八道。先是說心上人出門打獵去了，巷子裡就沒人了，這也罷了，我的眼中只有你，除了你都是空無，但是別人喝酒騎馬都沒有她的心上人做得好，就等於別人喝的酒騎的馬都不算數，這讓人上哪兒說理去。只是，真愛能讓一切胡說八道變得無可爭辯。

鄭風‧遵大路

遵大路兮，摻執子之袪兮，無我惡兮，不寁故也！
遵大路兮，摻執子之手兮，無我魗兮，不寁好也！

①摻（ㄕㄢˇ）：拉住。②袪（ㄑㄩ）：袖口。③寁（ㄗㄢˇ）：疾速、快速。
④故：故人。⑤魗（ㄔㄡˊ）：棄。⑥好（ㄏㄠˋ）：喜愛。

LEAVE ME NOT

I hold you by the sleeve, Along the public way.
O do not hate and leave, A mate of olden day!
I hold you by the hand, Along the public road.
Don't think me ugly and, Leave your former abode!

順著這條路朝前走，拉著他的衣袖，苦苦相求，不要討厭我啊，不要這麼快就丟棄舊人啊！

　順著這條路朝前走，拉著他的手，苦苦相求，不要嫌棄我啊，不要這麼快就不再和我好了啊！

　　他已經郎心似鐵，她卻不能情斷義絕，在大路上，拉著他的袖子，求他不要拋下自己。這一幕現在也能見到，不能夠放下的女人，實在是太失態了。

　　然而若是只能矜持優雅地告別，保持著那份被規定的圓滿。不能吐出肺腑之間的呼喊，不能把眼淚鼻涕抹在那個人的衣服上，輕飄飄地揮一揮手就走了，這輕而淺的動作，對得起那天高地厚海洋般深切的愛情嗎？

　　有時候啊，不失態，不盡興。

鄭風・女曰雞鳴

女曰雞鳴，士曰昧旦。子興視夜，明星有爛。將翱
將翔，弋鳧與雁。

弋言加之，與子宜之。宜言飲酒，與子偕老。琴瑟
在御，莫不靜好。

知子之來之，雜佩以贈之。知子之順之，雜佩以問
之。知子之好之，雜佩以報之。

①翱翔（ㄠˊ ㄒㄧㄤˊ）: 鳥迴旋高飛。②弋（ㄧˋ）: 用帶有繩子的箭射獵。
③鳧（ㄈㄨˊ）: 野鴨。

A HUNTER'S DOMESTIC LIFE

The wife says, "Cocks crow, hark!" The man says, "It's still
dark." "Rise and see if it's night; The morning star shines
bright." "Wild geese and ducks will fly; I'll shoot them
down from high."

"At shooting you are good; I'll dress the game as food.
Together we'll drink wine, And live to ninety-nine. With
zither by our side, In peace we shall abide."

"I know your wifely care; I'll give you pearls to wear. I know
you will obey: Can pearls and jade repay? I know your
steadfast love; I value nothing above."

她說公雞已經叫頭遍了，他說天還沒亮呢。

你去看看那天空，啟明星已經亮起來。是哦，野鴨與大雁也即將翱翔，我也要起床去打獵了

你今天肯定有收穫，我把你打來的大雁和野鴨做成佳餚，是今晚上好的下酒菜，我們喝著小酒一起變老。你彈琴來我鼓瑟，平凡時日沉靜美好。

我知道你對我的好，一隻雜佩表心意，知道你對我很體貼，雜佩代表我的心。

這是一對夫婦在清晨的對話。女人勤勞又溫柔，用她的方式勸丈夫起床。小小的抵抗之後，丈夫接受了妻子的建議，但是他們並沒有立即起床勞作，女人溫婉地描畫起男人打獵歸來的美好情景，讓他明白，快樂的時光會在奮鬥之後到來。男人也很領情，絮絮然說出一串情話，這樣將溫情融入勞作的夫妻，一定會擁有悠遠綿長的幸福。

鄭風・有女同車

有女同車，顏如舜華。將翱將翔，佩玉瓊琚。彼美
孟姜，洵美且都。

有女同行，顏如舜英。將翱將翔，佩玉將將。彼美
孟姜，德音不忘。

①舜（ㄕㄨㄣˋ）：木槿花的別名。②孟姜：借指美女。③都（ㄉㄨ）：優雅、
優美。④將將（ㄑㄧㄤ ㄑㄧㄤ）：玉石撞擊聲。⑤德音：美好的品德聲譽。

LADY JIANG

A lady in the cab with me, Looks like a flower from a hedge-
tree. She goes about as if in flight; Her girdle-pendants look
so bright. O Lady Jiang with pretty face, So elegant and full
of grace!

The lady together with me, Walks like a blossoming hedge-
tree. She moves about as if in flight; Her girdle-pendants
tinkle light. O Lady Jiang with pretty face, Can I forget you
so full of grace?

那女子與我同車，她的容顏美如木槿花。我們坐在車上，卻如在空中一同飛翔，她身上的佩玉閃動著美麗的光亮。那美好的姑娘，真的美麗又大方。

　　那女子與我同車，她的容顏美如木槿花。只要她坐在我身邊，就能讓我心飛翔。她身上的佩玉輕輕叩擊，那美好的姑娘，她的溫柔賢良我永遠不忘。

　　「有女同車」這四個字，能引發多少想像。與心儀之人，在一個有限的空間裡，看起來彷彿受到了限制，內心卻是飛翔的感覺。那應該是戀情剛剛生出還未能出口之時，一點小快樂，就能夠膨脹成巨大的快樂。他對她暫時無法進一步接近，關於她的一切皆能稱其為好。

鄭風・山有扶蘇

山有扶蘇，隰有荷華。不見子都，乃見狂且。

山有橋松，隰有游龍。不見子充，乃見狡童。

①狂且（ㄎㄨㄤˊ ㄐㄩ）：狂妄而輕薄的人。②狡童（ㄐㄧㄠˇ ㄊㄨㄥˊ）：貌美而無實才的人。一說為狡獪的少年。

A Joke

Uphill stands mulberry, And lotus in the pool.
The handsome I don't see; Instead I see a fool.
Uphill stands a pine-tree, And in the pool leaves red.
The pretty I don't see; I see the sly instead.

山上有扶蘇挺拔俊秀，水中有荷花玉潔冰清。我命苦遇不到大帥哥，只遇到那個輕狂的傢伙。

　　山上有橋松鬱鬱蔥蔥，水中有水草飄逸輕盈。我命苦遇不到大帥哥，只遇到那個狡猾的傢伙。

　　「子都」和「子充」泛指美男子，類似於如今的「吳彥祖」。乍一看這姑娘彷彿在抱怨自己運氣不佳，不能遇到才貌仙郎，但是「狂且」、「狡童」這樣的稱呼裡，似乎又有一種愛意，也有可能是拿心上人來打趣，畢竟，黛玉也將寶玉比喻成「呆雁」，語句中到底是褒是貶，還是要依據當時的場景而定。

鄭風・狡童

彼狡童兮，不與我言兮。維子之故，使我不能餐兮。
彼狡童兮，不與我食兮。維子之故，使我不能息兮。

A HANDSOME GUY

You handsome guy, Won't speak to me words sweet.
For you l sigh, And can nor drink nor eat.
You handsome guy, Won't eat with me at my request.
For you l sigh, And cannot take my rest.

那個狡猾的傢伙，不跟我說話啊！因為他的緣故，讓我吃不下飯啊！

　　那個狡猾的傢伙，不跟我共餐啊！因為他的緣故，我一夜一夜無法安眠！

　　　雖然愛情的定語是「甜蜜」，但事實上，許多時候，愛情卻是讓人受苦的事。對方的一舉一動，會在我們心頭形成巨大的蝴蝶效應，他的一個眼神，就能夠在你心裡掀起巨浪，他的足跡漸稀，讓你艱於呼吸，有什麼辦法呢？愛一個人，就會心甘情願地交付全部的自由。

鄭風·褰裳

子惠思我，褰裳涉溱。子不我思，豈無他人？狂童之狂也且！

子惠思我，褰裳涉洧。子不我思，豈無他士？狂童之狂也且！

①褰（ㄑㄧㄢ）：提起。②溱（ㄓㄣ）：古河名，在今河南省。③洧（ㄨㄟˇ）：古河名，在今河南省。

LIFT UP YOUR ROBE

If you think of me as you seem, Lift up your robe and cross that stream! If you don't love me as you seem, Can I not find another one? Your foolishness is second to none.

If you think of me as you seem, Lift up your gown and cross this stream! If you don't love me as you seem, Can I not find another mate? Your foolishness is really great.

你如果真的想念我，就拎著衣服過溱河。你如果沒那麼想念我，難道我就沒有其他選擇？你這傢伙未免太輕狂。

　　你如果真的想念我，就拎著衣服過洧河。你如果不把我放心上，喜歡我的人太多，誰會念著你這輕狂的傢伙？

　　這首詩可以跟前面的《狡童》對讀，同樣是面對戀人的漫不經心，一個是呼天吁地痛徹心扉，一個表示離了誰都能活。

　　說起來似乎有點悲哀，你在乎對方多一點，就可能會讓對方因為不那麼緊張而不把你放心上，投入感情較少的那個，反而能夠獲得主動。不過，撇開這種有點庸俗的博弈學不說，在愛情裡不鑽死胡同，就能夠給自己更多的自由，更大的天地。古代詩歌裡多是「非如此不可」的癡情女子，忽然冒出一個嘴角上揚目光裡不無戲謔的姑娘，令人耳目一新。

鄭風・東門之墠

東門之墠，茹藘在阪。其室則邇，其人甚遠。
東門之栗，有踐家室。豈不爾思？子不我即！

①墠（ㄕㄢˋ）：經過除草的郊外平地。②茹藘（ㄌㄩˊ）：植物名，即茜草。
③栗（ㄌㄧˋ）：栗樹。

A LOVER'S MONOLOGUE

At eastern gate on level ground, There are madder plants all
around. My lover's house is very near, But far away he does
appear.

Neath chestnut tree at eastern gate, Within my house in
vain I wait. How can I not think of my dear? Why won't he
come to see me here?

東門有塊平地，茜草長滿土坡。他的家離我那麼近，他卻離我那麼遠。

　　東門有棵栗樹，樹旁的人家安靜妥貼。我怎麼能不想念你，可你不來找我我又有什麼辦法？

　　詩中的女子離心愛的人那麼近，卻感覺他是如此遙遠。他的世界像是一個門禁森嚴的城堡，妳能透過燈光與樹影，看得見其中的美好，但越是美好，就離你越遙遠，因為它本身就自成一體，不需要妳參與，與妳無關。

　　除非是他自己感覺到缺少了一個妳，但「豈不爾思，子不我即」，他無意朝妳走來，妳這單方面的思念，又有什麼用處？

鄭風・風雨

風雨淒淒，雞鳴喈喈。既見君子，云胡不夷。
風雨瀟瀟，雞鳴膠膠。既見君子，云胡不瘳。
風雨如晦，雞鳴不已。既見君子，云胡不喜。

①喈喈（ㄐㄧㄝ ㄐㄧㄝ）：擬聲詞，形容雞呼伴的聲音。②膠膠（ㄐㄧㄠ ㄐㄧㄠ）：擬聲詞，形容雞呼伴的聲音。③瘳（ㄔㄡ）：病癒，此指憂慮愁苦的心病消除。④晦（ㄏㄨㄟˋ）：昏暗。

WIND AND RAIN

The wind and rain are chill; The crow of cocks is shrill.
When I've seen my man best, Should I not feel at rest?
The wind whistles with showers; The cocks crow dreary
hours. When I've seen my dear one, With my ill could I not
have done?
Gloomy wind and rain blend; The cocks crow without end.
When I have seen my dear, How full I feel of cheer!

隔窗聽見風雨淒淒，一聲聲雞鳴，也無法喚得天光亮起。終於看見你翩然而至，讓我心中怎麼不瞬間平靜下來。

隔窗聽見風雨瀟瀟，讓雞鳴聲顯得無力而又寂寥。忽然看見你出現，像是來自於世界的那一端，我心頭的濃雲愁霧瞬間被驅散。

風雨如晦，似乎白天永遠不會到來，難怪公雞叫了又叫，這天光總不亮起，讓誰能不心慌？忽然看見你的身影，安寧與喜悅轟然而起，就如所有的花朵瞬間綻放，所有的淒涼，都是你到來之前必須的鋪墊。

這首詩有人說寫的是「亂世思君」，朱熹說寫的是男女，並且彷彿很有經驗地指出「風雨晦暝，蓋淫奔之時」。

不能說誰說的就對，或者說，不用解釋得那麼篤定，它表達的，也許就是在巨大的不安裡，突然看見讓人內心安寧的身影。對方可以是一個英雄、一個情人，或者是朋友，總之，這個人就像是風雨瀰漫的路途上，一間亮燈的驛站，讓你可以不顧一切地投奔過去。

鄭風・子衿

青青子衿，悠悠我心。縱我不往，子寧不嗣音？
青青子佩，悠悠我思。縱我不往，子寧不來？
挑兮撻兮，在城闕兮。一日不見，如三月兮。

①挑兮撻（ㄊㄚˋ）兮：毛傳：「挑撻，往來相見貌。」

TO A SCHOLAR

Student with collar blue, How much I long for you! Though
to see you I am not free, O why don't you send word to me?
Scholar with belt-stone blue, How long I think of you!
Though to see you I am not free, O why don't you come to
see me?
I'm pacing up and down, On the wall of the town. When to
see you I am not free, One day seems like three months to
me.

燕燕于飛──最美的詩經英譯新詮

那身著青衫的少年，令我朝思暮念。縱然我不能去你那裡，你為何不能給我一點消息？

　　那少年的佩帶有如天青，令我的心思如遊雲悠悠流轉。縱然我不能去你那裡，你就不能到我這裡來嗎？

　　我獨自在城闕這一邊，腳步游移，從這裡到那裡。這是看不到你的一天，我卻覺得，與你相隔三月。

　　古代女子愛得很被動，因為她們要等男子主動，即便思念對方到如此地步：「一日不見，如三月兮。」她們也不能主動走過去。那城闕可以是現實的存在，也可以是她們心中的城池，她們畫地為牢，只能像《西洲曲》裡的那個女子，「憶郎郎不至，仰首望飛鴻」，然而眼前千帆過盡，總不見心中的青青子衿。

　　內心的彷徨，就如同在那城闕中遊走不定的自己，她只能向蒼茫處，尋覓一絲關於他的訊息。

鄭風・揚之水

揚之水，不流束楚。終鮮兄弟，維予與女。
無信人之言，人實迋女。
揚之水，不流束薪。終鮮兄弟，維予二人。
無信人之言，人實不信。

①鮮（ㄒㄧㄢˇ）：少。②迋（ㄎㄨㄤˊ）：通「誑」，欺騙。③信：誠信、可靠。

BELIEVE ME

Wood bound together may, Not be carried away. We have
but brethren few; There're only I and you.
What others say can't be believed, Or you will be deceived.
A bundle of wood may, Not be carried away. We have but
brethren few; There are only we two.
Do not believe what others say! Untrustworthy are they.

流水悠悠，載不動成捆的荊條。我沒有兄弟，在這世間最親密的，就是我和你。你不要相信別人的話，人家其實在騙你。

流水悠悠，載不動成捆的乾柴。我沒有兄弟，在這世間，唯有我們二人最為相親。不要相信那些蜚短流長，他們說的話怎麼可信。

《紅樓夢》裡，寶玉對黛玉說，我沒有親兄弟姊妹，和妳一樣只是獨出，妳為什麼把那些外四路的人的話放在心上，對我倒三日不理、四日不見的。

他明明有個親姊姊元春，再說他縱然有親兄弟姊妹，亦不妨礙他和黛玉的感情，但我知道他想要表達的是那樣一種孤獨感，他想用這種孤獨打動林妹妹。

這首詩說的也許是愛情，也許是友情，這都不重要，重要的是，詩人是如此掏心掏肺，交付出全部的自己，讓對方知道，我已經把你當成血親，當成我的命運，請你也要給我對等的信任。

鄭風‧出其東門

出其東門，有女如雲。雖則如雲，匪我思存。縞衣
綦巾，聊樂我員。

出其闉闍，有女如荼。雖則如荼，匪我思且。縞衣
茹藘，聊可與娛。

①匪：通「非」。②縞衣（ㄍㄠˇ ㄧ）：白色生絹所製的衣裳。③綦巾
（ㄑㄧˊ ㄐㄧㄣ）：暗綠色的頭巾。④闉闍（ㄧㄣ ㄉㄨ）：古代城門外甕城的
重門。⑤荼（ㄊㄨˊ）：茅花，白色。茅花開時一片白，此亦形容女子
眾多。⑥思且（ㄐㄩ）：思念、嚮往。且，語助詞。⑦茹藘（ㄌㄩˊ）：茜草，
根可做絳紅色染料。

My Lover in White

Outside the eastern gate, Like clouds fair maidens date.
Though they are fair as cloud, My love's not in the crowd.
Dressed in light green and white, Alone she's my delight.
Outside the outer gate, Like blooms fair maidens date.
Though like blooms they are fair, The one I love's not there.
Dressed in scarlet and white, Alone she gives me delight.

走出東邊的城門，我看見好女子像一片片雲。雖然好女如雲，都不是我心心念念的那個人。只有那素衣綠巾的姑娘，才是能走進我心裡的人。

走出城外的重門，我看見好女如白茅群。雖然世間有那麼多好女子，都不是讓我嚮往的那個人。只有那素衣紅裙的女子，才是能讓我瞬間快樂起來的人。

有一首山西民歌與這首詩異曲同工：「山在水在石頭在，人家都在你不在。颳起個東風水流西，看見人家想起你。」

縱然山在水在人家都在，可是，你不在。當你不在，這所有的「在」都失去了意義。對愛人的情意，能讓最喧譁的場合變得冷清，即使置身於人山人海，也如孑然一身。這是深情的表達，也是隆重的讚美。

鄭風・野有蔓草

野有蔓草，零露溥兮。有美一人，清揚婉兮。
邂逅相遇，適我願兮。
野有蔓草，零露瀼瀼。有美一人，婉如清揚。
邂逅相遇，與子偕臧。

①溥（ㄊㄨㄢˊ）：形容露水豐沛。②瀼瀼（ㄖㄤˊ ㄖㄤˊ）：形容露水很多。

THE CREEPING GRASS

Afield the creeping grass, With crystal dew o'erspread,
There's a beautiful lass, With clear eyes and fine forehead.
When I meet the clear-eyed, My desire's satisfied.
Afield the creeping grass, With round dewdrops o'erspread,
There's a beautiful lass, With clear eyes and fine forehead.
When I meet the clear-eyed, Amid the grass let's hide!

是這樣的一個早晨，圓圓的露珠滾動在野外的草葉上。我遇到那美麗的人兒，她眼神明亮，眉目如畫。

這樣的邂逅，最符合我的心願。

大顆大顆的露珠如星辰，閃爍於野外的草叢中。我遇到那美麗的人兒，她眉目如畫，神采飛揚。

這邂逅是一個開始嗎？我能夠就此和你擁有更多美好時光？

清晨的野外，芳草無邊，一天裡最為冷寂的時刻，不像白天，有著菜市場般的嘈雜，也不像夜晚，充斥著廉價的誘惑。他在這樣的空間裡放空自己，然後，他期待遇見心儀的女子。遇見了，也沒有別的話說。「臧」的意思是美好，「與子偕臧」，就是與妳一起度過美好的歲月。這是一個理想主義者的情歌，他對現實無所求，只想要與她一同美好下去。

齊風·盧令

盧令令，其人美且仁。
盧重環，其人美且鬈。
盧重鋂，其人美且偲。

①鬈（ㄑㄩㄢˊ）：勇壯。一說髮好。②重鋂（ㄇㄟˊ）：一個大環套兩個小環的金屬鎖鏈。③偲（ㄙㄞ）：多才，能力強。一說鬚多而美。

Hunter and Hounds

The bells of hound, Give ringing sound;
Its master's mind, Is good and kind.
The good hound brings, Its double rings;
Its master's hair, Is curled and fair.
The good hound brings, Its triple rings;
Its master's beard, Is deep revered.

他的黑狗脖子鈴鐺響個沒完，他那個人啊英俊又仁厚。
他的黑狗脖子上一環套一環，他那個人啊英俊又勇敢。
他黑狗的項圈上大環套小環，他那個人啊英俊又能幹。

《詩經》裡提供了各種男神，有「有匪君子，如切如磋，如琢如磨」這種溫文爾雅型的，也有《盧令》裡這種孔武有力型的。

這是一個典型的迷妹視角，對這英俊勇敢又仁厚的男子讚嘆不已。有意思的是，詩裡對男子的形象並沒有太多描寫，也許，他的光華太灼目，讓她只能夠把注意力放在他的獵犬上，看著牠的黑色皮毛、鈴鐺和項圈，感嘆不已。

魏風・園有桃

園有桃，其實之殽[1]。心之憂矣，我歌且謠。
不我知者，謂我士也驕。彼人是哉，子曰何其？
心之憂矣，其誰知之？其誰知之，蓋亦勿思！
園有棘[2]，其實之食。心之憂矣，聊以行國。
不我知者，謂我士也罔極[3]。彼人是哉，子曰何其？
心之憂矣，其誰知之？其誰知之，蓋亦勿思！

①殽（一ㄠˊ）：通「餚」，吃。②棘（ㄐㄧˊ）：指酸棗。③罔極：無常，
沒有準則。

A Scholar Misunderstood

Fruit of peach tree, Is used as food. It saddens me, To sing
and brood.

Who knows me not, Says I am proud. He's right in what?
Tell me aloud.

I'm full of woes, My heart would sink, But no one knows,
For none will think,

Of garden tree, I eat the date. It saddens me, To roam the
state.

Who knows me not, Says I am queer. He's right in what? O
let me hear!

I'm full of woes; My heart would sink. But no one knows,
For none will think.

園子裡有桃樹，結了果子可以充飢。我心中憂傷，一路歌唱。不了解我的人，說我這個讀書人太驕狂。他們就是這麼看的啊，你又怎麼想？我心中的憂傷，有誰能懂得？有誰能懂得啊？乾脆隨他們怎麼想吧！

園子裡有棵棗樹，結了果子可以果腹，我心中憂傷，到處流浪。不能明白我的人，說我這個讀書人就會胡思亂想。他們就是這麼看的啊？你又怎麼想？我心中的憂傷，有誰能懂得？有誰能懂得啊？乾脆誰他們怎麼想。

「寂寞」是知識分子體會最深刻的一種感情，孔乙己遺憾於酒店的夥計不關心「茴」字有幾種寫法，比他更有學問的讀書人，亦常有知音難覓之感。別人為了生存忙忙碌碌，沒有功夫去聽他們的聲音。他們或者高歌，或者流浪，嘴裡說著不在乎，心裡卻不能不憂傷。

魏風 · 伐檀

坎坎伐檀兮，寘之河之干兮，河水清且漣猗。
不稼不穡，胡取禾三百廛兮？不狩不獵，胡瞻爾庭
有縣貆兮？
彼君子兮，不素餐兮！
坎坎伐輻兮，寘之河之側兮，河水清且直猗。
不稼不穡，胡取禾三百億兮？不狩不獵，胡瞻爾庭
有縣特兮？

①寘（ㄓˋ）：同「置」，放置。②稼（ㄐㄧㄚˋ）：播種。③穡（ㄙㄜˋ）：收割。④廛（ㄔㄢˊ）：通「纏」，古代的度量單位。⑤縣（ㄒㄩㄢˊ）：同懸字。⑥貆（ㄏㄨㄢˊ）：豬獾。也有說是幼小的貉。⑦輻：車輪中連接車轂和輪圈的直木。⑧特：三年的獸。

THE WOODCUTTER'S SONG

Chop, chop our blows on elm-trees go; On rivershore we
pile the wood. The clear and rippling waters flow.
How can those who nor reap nor sow, Have three hundred
sheaves of corn in their place? How can those who nor hunt
nor chase, Have in their courtyard badgers of each race?
Those lords are good, Who do not need work for food!
Chop, chop, our blows for wheel-spokes go; By riverside we
pile the wood. The clear and even waters flow.
How can those who nor reap nor sow, Have three millions
of sheaves in their place? How can those who nor hunt nor
chase, Have in their courtyard games of each race?

彼君子兮，不素食兮！

坎坎伐輪兮，寘之河之漘兮，河水清且淪猗。

不稼不穡，胡取禾三百囷兮？不狩不獵，胡瞻爾庭有縣鶉兮？

彼君子兮，不素飧兮！

⑨淪（ㄌㄨㄣˊ）：小波紋。⑩囷（ㄐㄩㄣ）：束。一說圓形的穀倉。⑪飧（ㄙㄨㄣ）：熟食，此指吃飯。

Those lords are good, Who need no work to eat their food!
Chop, chop our blows for the wheels go; At river brink we
pile the wood. The clear and dimpling waters flow.
How can those who nor reap nor sow, Have three hundred
ricks of corn in their place? How can those who nor hunt
nor chase, Have in their courtyard winged games of each
race?
Those lords are good, Who do not have to work for food!

我們哐哐地砍下檀樹，放在那河邊。清清的河水泛漣
漪。忽然想起一些人，他們不耕種也不收割，為什麼能得
到那麼多糧食？他們從不出去打獵，為什麼院子裡掛著豬
和狗獾？當然了，他們這樣的君子，絕不會閒著吃白飯。

我們哐哐地砍下檀樹。去做那車輻，先放在河的一邊，
清清的河水朝前淌。忽然想起一些人，他們不耕種也不收
割，為什麼能得到那麼多糧食？他們從不出門打獵，為什
麼院子裡掛著大野獸？當然了，他們那樣的君子，絕不會
閒著吃白飯。

我們哐哐地砍下檀樹，去做那車輪，先放在河壩前，清
清的河水裡漣漪輕漾。忽然想起一些人，他們不耕種也不
收割，為什麼能夠得到那麼多糧食？他們從不出門打獵，
為什麼院子裡曬著鵪鶉？當然了，他們那樣的君子，絕不
會閒著吃白飯。

> 這位伐木工艱苦地勞作之餘，將砍下的樹木
> 放到河邊的一瞬，忽然想起那些遊手好閒卻養
> 尊處優的人，無法不感到憤怒。憤怒之後，也
> 是無可奈何，只能諷刺地說，那些大老爺們，
> 他們只是看起來啥也不幹，但一定不會吃閒飯
> 吧。

魏風‧碩鼠

碩鼠碩鼠，無食我黍！三歲貫女，莫我肯顧。

逝將去女，適彼樂土。樂土樂土，爰得我所。

碩鼠碩鼠，無食我麥！三歲貫女，莫我肯德。

逝將去女，適彼樂國。樂國樂國，爰得我直？

碩鼠碩鼠，無食我苗！三歲貫女，莫我肯勞。

逝將去女，適彼樂郊。樂郊樂郊，誰之永號？

①無：毋、不要。②黍（ㄕㄨˇ）：植物名，黍子，也叫黃米，是重要的糧食作物之一。③逝：通「誓」。④女：同「汝」。⑤號（ㄏㄠˊ）：呼喊。

LARGE RAT

Large rat, large rat, Eat no more millet we grow! Three years you have grown fat; No care for us you show.

We'll leave you now, I swear, For a happier land, A happier land where, We may have a free hand.

Large rat, large rat, Eat no more wheat we grow! Three years you have grown fat; No kindness to us you show.

We'll leave you now, I swear, For a happier state, A happier state where, We can decide our fate.

Large rat, large rat, Eat no more rice we grow! Three years you have grown fat; No rewards to our labor go.

We'll leave you now, I swear, For a happier plain, A happier plain where, None will groan or complain.

大老鼠啊大老鼠，不要吃我的黍。這麼多年來我我養活你，你都不肯給我一點照顧。我發誓要遠離你，去往那樂土。樂土樂土，才是我的理想去處。

　　大老鼠啊大老鼠，不要吃我的麥子。這麼多年我養活你，你都不肯對我行行好。我發誓要遠離你，去往那樂國，樂國樂國，才是我休息之所。

　　大老鼠啊大老鼠，不要吃我的苗，這麼多年養活你，你都不肯給我一點慰勞。我發誓要離開你，去往那樂郊，若是找到那樂郊，誰還會這樣悲號？

　　　　從咬牙切齒地賭咒發誓，到最後一聲嘆息，這首詩充分體現了勞動者對剝削者的無奈。他痛斥後者如老鼠一般貪婪又無情，發誓一定要遠離他們，去往想像中的樂土，然而，天下烏鴉一般黑，天下哪裡又有樂土存在？他也只能這樣悲號一番罷了。

唐風 · 蟋蟀

蟋蟀在堂，歲聿其莫。今我不樂，日月其除。

無已大康，職思其居。好樂無荒，良士瞿瞿。

蟋蟀在堂，歲聿其逝。今我不樂，日月其邁。

無已大康，職思其外。好樂無荒，良士蹶蹶。

蟋蟀在堂，役車其休。今我不樂，日月其慆。

無已大康，職思其憂。好樂無荒，良士休休。

①聿（ㄩˋ）：語助詞，無義。②除：更易、更換。③瞿瞿（ㄐㄩˋ ㄐㄩˋ）：
警惕瞻顧貌。一說斂也。④蹶蹶（ㄐㄩㄝˊ ㄐㄩㄝˊ）：勤奮狀。⑤慆（ㄊㄠ）：
逝去。

THE CRICKET

The cricket chirping in the hall, The year will pass away. The
present not enjoyed at all, We'll miss the passing day.
Do not enjoy to excess, But do our duty with delight! We'll
enjoy ourselves none the less, If we see those at left and right.
The cricket chirping in the hall, The year will go away. The
present not enjoyed at all, We'll miss the bygone day.
Do not enjoy to excess, But only to the full extent! We'll enjoy
ourselves none the less, If we are diligent.
The cricket chirping by the door, Our cart stands unemployed.
The year will be no more, With the days unenjoyed.
Do not enjoy to excess, But think of hidden sorrow! We'll
enjoy ourselves none the less, If we think of tomorrow.

蟋蟀已經進了屋，又到這歲暮時候，若我不及時行樂，這年華就會消失。但我仍然不能追歡逐樂，分內的事情要做好。人生應當快樂，但也不可荒廢，賢良之士要自省。

蟋蟀已經進了屋，這一年大多數日子都已經逝去，若我不及時行樂，就會被日月拋棄。但我還是不能追歡逐樂，要想想還有什麼事情沒做好。人生應當快樂，但是不能荒廢，賢良之士不能不振作。

蟋蟀已經進了屋，服役的車子也該修整了，若我不及時行樂，時光一樣地要逝去。但我仍然不能追歡逐樂，要將可能的憂患前思後想。人生應當快樂，但是不能荒廢，賢良之士要給自己餘地，才是真正的安閒。

李白以為人生苦短，應該追歡逐樂：「夫天地者，萬物之逆旅也；光陰者，百代之過客也。而浮生若夢，為歡幾何？古人秉燭夜遊，良有以也。」然而杜甫早已看透了一切，在《贈李白》裡寫道：「痛飲狂歌空度日，飛揚跋扈為誰雄？」縱然是及時行樂，曲終之時也難免墜入虛無，還有可能將人生變成一個爛攤子，用餘生去收拾。

所以這首詩思慮再三，還是覺得不能夠荒廢光陰，與其用歡樂的泡沫麻醉自己，攢成巨大的空洞，不如在勞作中不知老之將至。從「良士瞿瞿」到「良士蹶蹶」再到「良士休休」，自律才能讓人更自由。

　　　　　　燕燕于飛——最美的詩經英譯新詮

唐風・山有樞

山有樞，隰有榆。子有衣裳，弗曳弗婁①。
子有車馬，弗馳弗驅。宛其死矣，他人是愉。
山有栲③，隰有杻④。子有廷內，弗洒弗埽。
子有鐘鼓，弗鼓弗考。宛其死矣，他人是保。
山有漆，隰有栗。子有酒食，何不日鼓瑟？
且以喜樂，且以永日。宛其死矣，他人入室。

①曳（一せˋ）：拖。②婁（ㄌㄡˊ）：斂。③栲（ㄎㄠˇ）：《毛傳》：「栲，山樗（臭椿）。」④杻（ㄋㄡˇ）：樹名。

Why Not Enjoy?

Uphill you have elm-trees; Downhill you have elms white.
You have dress as you please. Why not wear it with delight?
You have horses and car. Why don't you take a ride? One
day when dead you are, Others will drive them with pride.
Uphill you've varnish trees; Downhill trees rooted deep.
You have rooms as you please. Why not clean them and
sweep?
You have your drum and bell. Why don't you beat and ring?
One day when tolls your knell, Joy to others they'll bring.
Uphill you've chestnut trees; Downhill trees with deep root.
You have wine as you please, Why not play lyre and lute.
To be cheerful and gay, And to prolong your bloom? When
you are dead one day, Others will enter your room.

山上是刺榆，窪地裡是白榆。你有衣服，不漂漂亮亮穿起來。你有車馬，不意氣風發趕起來，將它們白白放在那裡。要知道等你死了，別人會來享受。

　　山上有臭椿，窪地裡有椵樹。你有院子，不去灑掃。你有鐘鼓，不去敲。要知道等你死了，別人會來鳩占鵲巢。

　　山上有漆樹，窪地裡有栗木。你有酒有食，為什麼不每天鼓瑟而歌，終日喜樂？要知道等你死了，別人就會登堂入室。

　　《蟋蟀》說的是節制，這首詩說的是及時行樂。世事有兩面，過於嚴謹與過於放縱皆不可取，保持在路上的緊張感之外，還應有偶爾駐足的一刻，直接享受眼前的風景，而不是總覺得美好的生活屬於未來，畢竟，誰也不知道，風險與明天，哪一個會先到。

唐風・椒聊

椒聊之實，蕃衍盈升。彼其之子，碩大無朋。椒聊
且，遠條且。

椒聊之實，蕃衍盈匊。彼其之子，碩大且篤。椒聊
且，遠條且。

①椒：花椒，又名山椒。聊：草木結成的一串串果實。②蕃衍
（ㄈㄢ／ ㄧㄢˇ）：生長眾多。③匊（ㄐㄩˊ）：「掬」的古字，兩手合捧。
④篤（ㄉㄨˇ）：厚重。

THE PEPPER PLANT

The fruit of pepper plant, Is so luxuriant. The woman there,
Is large beyond compare. O pepper plant, extend, Your
shoots without end!
The pepper plant there stands; Its fruit will fill our hands.
The woman here, Is large without a peer. O pepper plant,
extend, Your shoots without end!

花椒樹繁衍不息，一串串果實要用斗裝。那子子孫孫，碩大無雙。一串串的花椒籽啊，壓彎了枝條。

　　花椒樹繁衍不息，一串串果實要用雙手去捧。那子子孫孫，碩大又飽滿。一串串的花椒籽啊，壓彎了枝條。

　　簡單的描述最讓人困惑，有人說這首詩是讚男人，也有人說是讚女人，《詩序》中說它是「刺昭公」，倒是朱熹老實，說「不知其所指」。那麼，能不能只是讚美花椒樹的詩呢？這花椒樹碩果纍纍，結實飽滿，十分喜人。作者發出由衷的讚嘆也很正常，倒未必非要微言大義。

唐風‧綢繆

綢繆束薪，三星在天。今夕何夕，見此良人。子兮
子兮，如此良人何！

綢繆束芻，三星在隅。今夕何夕，見此邂逅。子兮
子兮，如此邂逅何！

綢繆束楚，三星在戶。今夕何夕，見此粲者。子兮
子兮，如此粲者何！

①綢繆（ㄔㄡˊ ㄇㄡˊ）：纏繞、捆束。猶纏綿也。②芻（ㄔㄨˊ）：餵牲口
的青草。③隅（ㄩˊ）：指東南角。④粲（ㄘㄢˋ）：漂亮的人，指新娘。

A WEDDING SONG

The firewood's tightly bound, When in the sky three stars
appear. What evening's coming round, For me to find my
bridegroom here! O he is here! O he is here! What shall I
not do with my dear!

The hay is tightly bound, When o'er the house three stars
appear. What night is coming round, To find this couple
here! O they are here! O they are here! How lucky to see
this couple dear!

The thorns are tightly bound, When o'er the door three stars
appear. What midnight's coming round, For me to find my
beauty here! O she is here! O she is here! What shall I not
do with my dear?

那薪草互相纏繞，參星閃爍在天空，今天是怎樣的日子？我遇到這樣的一個人。你啊你啊，拿這樣一個人怎麼辦呢？

　　那牧草互相纏繞，參星閃爍在天邊，今天是怎樣的日子，我遇到這不可期待的緣分。你啊你啊，拿這緣分怎麼辦呢？

　　那荊條互相纏繞，參星低低懸在門前，今天是怎樣的日子？我遇見這樣璀璨的容顏。你啊你啊，拿這樣的美人怎麼辦呢？

　　通常將這首詩理解為婚禮上圍觀群眾唱的讚歌，但是「邂逅」二字，又帶點不期而遇的意思。直接理解為一場邂逅是不是也可以？在某個星光閃爍的夜晚，柴堆和草垛旁，主人公遇到心儀的人，歡喜如蓮，轟然綻放。

　　然而，就像日劇《四重奏》裡說的「愛到深處，就覺得徒勞，即便交談，或是觸摸。所及之處都空無一物，那我究竟結果要從什麼手裡搶走你才好呢」，於是就有了這「如此粲者何」的一聲嘆息，見所愛者的滿足之後是一片茫然。

唐風‧杕杜

有杕之杜，其葉湑湑。獨行踽踽。豈無他人？不如我同父。嗟行之人，胡不比焉？人無兄弟，胡不佽焉？

有杕之杜，其葉菁菁。獨行睘睘。豈無他人？不如我同姓。嗟行之人，胡不比焉？人無兄弟，胡不佽焉？

①有杕（ㄉㄧˋ）：即「杕杕」，孤立生長貌。②湑湑（ㄒㄩˇ ㄒㄩˇ）：形容樹葉茂盛。③踽踽（ㄐㄩˇ ㄐㄩˇ）：孤身獨行。④佽（ㄘˋ）：幫助。⑤睘睘（ㄑㄩㄥˊ ㄑㄩㄥˊ）：同「煢煢」，孤獨無依的樣子。

A WANDERER

A tree of russet pear, Has leaves so thickly grown. Alone I wander there, With no friends of my own. Is there no one, Who would of me take care? But there is none, Like my own father's son. O wanderer, why are there few, To sympathize with you? Can yon not find another, To help you like a brother?

A tree of russet pear, Has leaves so lushly grown. Alone I loiter there, Without a kinsman of my own. Is there no one, Who would take care of me? But there is none, Like my own family. O loiterer, why are there few, To sympathize with you? Can you not find another, To help you like a brother?

棠梨樹孤獨地站在路邊，卻枝葉繁茂招展，不似我獨行路上，孤孤單單。並不是沒有其他人可以作伴，但怎如同父兄弟？唉，那路上來來往往的人，怎麼都無法親近？對那沒有兄弟的人，為什麼不能幫襯他一點點？

棠梨樹孤獨地站在路邊，枝葉青青，潤澤招展，我卻獨行路上，顧影自憐。並不是沒有他人可以作伴，但怎如同姓族人？唉，那路上來來往往的人，為何都無法親近？對那沒有兄弟的人，為何不能施捨一點可憐？

武俠小說裡經常說「四海之內皆兄弟」，但是在農業社會的最底層，靠得住的還是同胞兄弟，或者再擴大一點，同姓的血親。在古代鄉村，人丁不興旺的人家很容易被欺負，零落小姓在村莊裡更是邊緣，所以一棵樹可以長得枝繁葉茂，沒有手足幫襯的人，卻很容易落單。這首詩說的也許就是那種慘淡感，朱熹認為這是「無兄弟者自傷其孤特，而求助於人之辭」。

唐風 · 羔裘

羔裘豹袪，自我人居居！豈無他人？維子之故。
羔裘豹褎，自我人究究！豈無他人？維子之好。

①羔裘（《ㄍㄠ ㄑㄧㄡˊ）：羊皮襖。②袪（ㄑㄩ）：衣袖、袖口。③褎（ㄒㄧㄡˋ）：同「袖」，衣袖。

An Unkind Lord in Lamb's Fur

Lamb's fur and leopard's cuff, To us you are so rough.
Can't we find another chief, Who would cause us no grief?
Lamb's fur and leopard's cuff, You ne'er give us enough.
Can't we find another chief, Who would assuage our grief?

你的羔羊皮襖上裝飾著豹皮袖口，對我們這些人大模大樣。難道就沒有他人可以結交，不過因為念著你的舊情。

　　你的羔羊皮襖上裝飾著豹皮袖口，在我們這些人面前神氣十足。難道就沒有他人可以結交，不過念著你曾經的好。

　　《詩經》裡經常出現「豈無他人」，有時候是博弈，有時候只是為了表達一種千迴百轉的怨念。不知道作者和詩中人是什麼關係，但能感覺到作者的愛怨交加，也許是兩人的發展不同步，一個已經平步青雲，一個還停留在原地，傲慢與怨念因此產生，然而又有許多舊日與舊情堆積在那裡，不能轉變得徹底，恩恩怨怨，終難了斷。

唐風・鴇羽

肅肅鴇羽，集于苞栩。王事靡盬，不能蓺稷黍。父
母何怙？悠悠蒼天！曷其有所？

肅肅鴇翼，集于苞棘。王事靡盬，不能蓺黍稷。父
母何食？悠悠蒼天！曷其有極？

肅肅鴇行，集于苞桑。王事靡盬，不能蓺稻粱。父
母何嘗？悠悠蒼天！曷其有常？

①鴇（ㄅㄠˇ）：鳥名，比雁略大，群居水草地區，善走不善飛。②苞
栩（ㄅㄠ ㄒㄩˇ）：叢生的柞樹。③靡（ㄇㄧˇ）：無、沒有。④盬（ㄍㄨˇ）：
停止。⑤蓺（ㄧˋ）：種植。⑥黍稷（ㄕㄨˇ ㄐㄧˋ）：高粱。

THE PEASANTS' COMPLAINT

Swish, swish sound the plumes of wild geese; They can't
alight on bushy trees. We must discharge the king's affair.
How can we plant our millet with care? On what can our
parents rely? O gods in boundless, endless sky, When can
we live in peace? I sigh.

Swish, swish flap the wings of wild geese; They can't alight
on jujube trees. We must discharge the king's affair. How
can we plant our maize with care? On what can our parents
live and rely? O gods in boundless, endless sky, Can all this
end before I die?

Swish, swish come the rows of wild geese; They can't alight
on mulberries. We must discharge the king's affair. How can
we plant our rice with care? What can our parents have for
food? O Heaven good, O Heaven good! When can we gain
a livelihood?

大鴇撲棱棱地扇動翅膀，成群結隊落在茂盛的柞樹上。這無休止的徭役，讓我無法種稷黍，我的父母指望誰？悠悠蒼天，我的安身之所又在哪裡？

　　大鴇撲棱棱地扇動翅膀，成群結隊落在茂盛的棘樹上。這無休止的徭役，讓我無法種黍稷。我的父母吃什麼？悠悠蒼天，這樣的日子什麼時候才是盡頭？

　　大鴇撲棱棱地扇動翅膀，成群結隊落在茂盛的桑樹上。這無休止的徭役，讓我無法種稻粱。我的父母哪有食物嘗？悠悠蒼天，什麼時候，日子才能回歸正常？

　　鴇是一種類似於大雁的鳥，天性並非棲居枝頭，只是無法在水邊落腳，不得不很辛苦地落在樹上。主人公看到牠們想到自己，鳥生不易，人生就更加艱難，大鴇好歹無所掛懷，自己卻還要奉養父母。無力感讓他只能呼天呼地，發出不期望回應的質詢。

唐風・有杕之杜

有杕之杜，生于道左。彼君子兮，噬肯適我？中心好之，曷飲食之？

有杕之杜，生于道周。彼君子兮，噬肯來遊？中心好之，曷飲食之？

①噬：發語詞。一說何、曷。

THE RUSSET PEAR TREE

A lonely tree of russet pear, Stands still on the left of the way. O you for whom I care, Won't you come as I pray? In my heart you're so sweet. When may I give you food to eat? A lonely tree of russet pear, Stands still on the road's right-hand side. O you for whom l care, Won't you come for a ride? In my heart you're so sweet. When may I give you food to eat?

棠梨樹孤單單地長在道路的左邊，就像此刻期期艾艾的我。我心儀的那個人，願不願意來看我？既然心中愛著他，何不好酒好菜款待他？

　　棠梨樹孤單單地長在道路的右邊，就像此刻欲語還休的我。我心儀的那個人，是否願意來我所在的地方遊歷？既然心中愛著他，何不請他把酒言歡，共飲共食？

　　　　喜歡一個人，希望他能夠來到自己身邊，自己拿出美酒與美食款待他，這是最樸實的感情，卻最能溫暖人心。「曷飲食之」也被聞一多解釋為男歡女愛，甚至說「有杕之杜，生于道左」是約會地點的暗號，也是一種說法，畢竟，飲食到男女，沒有多遠的路程。

唐風 · 葛生

葛生蒙楚，蘞蔓于野。予美亡此，誰與獨處！
葛生蒙棘，蘞蔓于域。予美亡此，誰與獨息！
角枕粲兮，錦衾爛兮。予美亡此，誰與獨旦！
夏之日，冬之夜。百歲之後，歸于其居！
冬之夜，夏之日。百歲之後，歸于其室！

①蘞（ㄌㄢˊ）：攀緣性多年生草本植物，根可入藥。②粲（ㄘㄢˋ）：同「燦」。

An Elegy

Vine grows o'er the thorn tree; Weeds in the field o'erspread.
The man I love is dead. Who'd dwell alone with thee?
Vine grows o'er jujube tree; Weeds o'er the graveyard spread.
The man I love is dead. Who'd stay alone with thee?
How fair the pillow of horn, And the embroidered bed!
The man I love is dead. Who'd stay with thee till morn?
Long is the summer day; Cold winter night appears.
After a hundred years, In the same fomb we'd stay.
The winter night is cold; Long is the summer day.
When I have passed away, We'll be in same household.

葛藤覆蓋了荊樹，蘞草蔓延到野外。我的所愛埋葬在這裡，還有誰在我身邊，我只能是孤單單地和自己在一起。

　　葛藤覆蓋了棗樹，蘞草蔓延到這墳地上。我的所愛埋葬在這裡，有誰能與我相伴？一夜一夜，我獨自長眠。

　　猶記他下葬那日，枕的角枕那樣璀璨，織錦的被子是那樣絢爛。我的所愛埋葬在這裡，誰能夠懂得我的悲苦，那種獨自到天亮的辛酸。

　　夏天的白晝，冬天的夜晚，都是那樣漫長。待我死後，我會回到你身邊。

　　冬天的夜晚，夏天的白晝，我一個個挨過。待我死後，我會來到你的墓穴。

> 　　這是未亡人唱的血淚之歌。荒草叢生，藤蔓縱橫，她的生活一派荒涼氣象。她已經沒有力氣打理，只覺得時日漫長。她獨自一人，無法溫暖這餘生，所有的希望就是，等到百年之後，能夠跟他在一起。他走之後，生活於她僅僅是活著。

5

第五章
七月流火

IN SEVENTH MOON,
FIRE STAR WEST GOES

秦風・蒹葭

蒹葭蒼蒼，白露為霜。所謂伊人，在水一方。
溯洄從之，道阻且長。溯游從之，宛在水中央。
蒹葭萋萋，白露未晞。所謂伊人，在水之湄。
溯洄從之，道阻且躋。溯游從之，宛在水中坻。
蒹葭采采，白露未已。所謂伊人，在水之涘。
溯洄從之，道阻且右。溯游從之，宛在水中沚。

①蒹葭（ㄐㄧㄢ ㄐㄧㄚ）：荻草與蘆葦。②溯洄（ㄙㄨㄟ ㄏㄨㄟ）：逆流而上。
③晞（ㄒㄧ）：蒸發、乾燥。④躋（ㄐㄧ）：登上、升上。⑤坻（ㄔˊ）：水
中的小沙洲。⑥涘（ㄙˋ）：水邊、岸邊。⑦沚（ㄓˇ）：水中的小塊陸地。

WHERE IS SHE?

Green, green the reed, Frost and dew gleam. Where's she I
need? Beyond the stream.

Upstream I go; The way's so long. And downstream, lo!
She's there among.

White, white the reed, Dew not yet dried. Where's she I
need? On the other side.

Upstream l go; Hard is the way. And downstream, lo! She's
far away.

Bright, bright the reed, With frost dews blend. Where's she
I need? At river's end.

Upstream I go; The way does wind. And downstream, lo!
She's far behind.

這初生的蘆葦蕩，白露凝為霜。我心儀的那個人，在水的那一方。我想為她逆流而上，道路艱難又漫長。我想為她順流而下，她又像在水中央。

這萋萋的蘆葦蕩，白露晶瑩有光。我心儀的那個人，在遙遠的岸邊。我想為她逆流而上，道路艱難不可攀。我想為她順流而下，她又像在水中的小島。

這茂盛的蘆葦蕩，白露未曾乾。我心儀的那個人，在那遙遠的水邊。我想為她逆流而上，道路艱難曲折。我想為她順流而下，她又像在水中的沙灘。

愛得太深，就會覺得彼此之間山重水複。你想要了解他的一切的急迫與衝動，放大了他身上的未知之處。越想消除距離，那距離越突出。了解他越多，越覺得有更多的不可知。瞻之在前忽焉在後，你困圍於其中，便有了「溯洄從之，道阻且長；溯游從之，宛在水中央」的暈眩。

顧城有詩曰：「你一會兒看雲，一會兒看我，你看雲的時候，離我很近，看我的時候，離我很遠。」那是因為，當你看雲的時候，我還可以在一定程度上，覺得你是一個熟悉的「他人」，從你「看雲」的目光找到共鳴和懂得；當你掉過頭來，與我四目相對，愛戀突如其來，理性屏退，那時我僅僅作為你的戀人存在，只感到從我到你的距離。

秦風 · 終南

終南何有？有條有梅。君子至止，錦衣狐裘。顏如
渥丹，其君也哉！

終南何有？有紀有堂。君子至止，黻衣繡裳。佩玉
將將，壽考不亡！

①錦衣狐裘：當時諸侯的禮服。《禮記·玉藻》：「君衣狐白裘，錦衣
以裼之。」②渥（ㄨㄛˋ）：塗。③黻衣（ㄈㄨˊ 一）：黑色青色花紋相間
的上衣。

DUKE XIANG OF QIN

What's on the southern hill? There're mume trees and white
firs. Our lord comes and stands still, Wearing a robe and
furs. Vermillion is his face. O what majestic grace!

What's on the southern hill? There are trees of white pears.
Our lord comes and stands still; A broidered robe he wears.
His gems give tinkling sound. Long live our lord black-
gowned!

終南何所有？無非楸樹與紅梅。君子翩然來此處，錦緞衣服狐皮裘，氣色紅潤如渥丹，一看就是帝王相。

　　終南何所有？無非枸杞與甘棠。君子翩然來此處，華服繡裳自生光，身上美玉輕相叩，願他萬壽無疆。

　　　　有現代研究者說這是女子寫給男子的情詩，但是詩中人物的衣著氣派，卻沒有什麼個人魅力，不是情人視角的描述。朱熹《詩集傳》解釋為：「此秦人美其君之辭。」是秦人對秦襄公的讚美詩，似乎更有道理。至於有人進一步發揮，說這是假裝讚美而進行諷刺，就見仁見智了。

秦風 · 晨風

䴥彼晨風，鬱彼北林。未見君子，憂心欽欽。如何
如何，忘我實多！

山有苞櫟，隰有六駁。未見君子，憂心靡樂。如何
如何，忘我實多！

山有苞棣，隰有樹檖。未見君子，憂心如醉。如何
如何，忘我實多！

①䴥（ㄩˋ）：疾飛的樣子。②櫟（ㄌ一ˋ）：櫟樹。③六駁（ㄅㄛˊ）：樹名，
梓榆之屬，因其樹皮青白如駁而得名。④棣（ㄌ一ˋ）：櫟樹。⑤檖
（ㄙㄨㄟˋ）：山梨。

THE FORGOTTEN

The falcon flies above, To the thick northern wood. While
I see not my love, I'm in a gloomy mood. How can it be my
lot, To be so much forgot?

The bushy oaks above, And six elm-trees below. While I see
not my love, There is no joy I know. How can it be my lot,
To be so much forgot?

The sparrow-plums above, Below trees without leaf. While I
see not my love, My heart is drunk with grief. How can it be
my lot, To be so much forgot?

鷸鳥迅疾如閃電，北邊的樹林茂盛如山影。我看不到心裡的那個人，心中的憂慮陣陣翻湧。讓我如何是好？他已經把我忘掉。

　山上櫟樹密密實實，地上梓榆伸出長長的枝條。我看不到所愛的那個人，心中憂慮，無法快樂。讓我如何是好？他已經把我忘掉。

　山上棠棣叢生，窪地裡覓得山梨。我見不到所愛的那個人，心中煩憂，如同宿醉。讓我如何是好，他已經把我忘掉。

　　這個他究竟是怎樣想的？誰也不知道。他也許鐵了心不再出現，也許只是遲到那麼一小會兒。相對於猜他是不是「忘我實多」，不如嘗試著充實自己。只有當你把愛情看成人生裡的一件事，還有更多的事，可以支撐你的生活，才不會悲歎「如何如何」。

陳風‧宛丘

子之湯兮，宛丘之上兮。洵有情兮，而無望兮。
坎其擊鼓，宛丘之下。無冬無夏，值其鷺羽。
坎其擊缶，宛丘之道。無冬無夏，值其鷺翿。

①坎（ㄎㄢˇ）：即「坎坎」，形容擊鼓聲。②缶（ㄈㄡˇ）：瓦製的敲擊樂
器。③鷺翿（ㄌㄨˋ ㄉㄠˋ）：用鷺羽製作的傘形舞蹈道具。

A RELIGIOUS DANCER

In the highland above, A witch dances with swing.
With her I fall in love; Hopeless, I sing.
She beats the drum, At the foot of highland.
Winter and summer come, She dances plume in hand.
She beats a vessel round, On the way to highland.
Spring or fall comes around, She dances fan in hand.

你的舞姿風流跌宕，在宛丘之上。我對你豈能沒有情意，但沒有任何指望。

　　那鼓聲敲得咚咚響，在宛丘之下。我心中已經沒有了季節，沒有冬天也沒有夏天，只是拿著鷺鳥的羽毛，隨著那節奏舞蹈。

　　那瓦缶敲得咚咚響，在宛丘的路旁。我已經感覺不到季節，不在乎是冬天還是夏天，只是拿著那鷺鳥的羽毛，隨著節奏輕搖。

　　「洵有情兮，而無望兮」，無望可以是絕望，也可以是一種主動的選擇：我放棄所有的指望，只作為觀眾，觀看你的舞蹈，無冬無夏，宛丘之下。這是一種不含占有欲的愛慕，這樣的距離，剛剛好。

陳風 · 東門之枌

東門之枌，宛丘之栩。子仲之子，婆娑其下。
穀旦于差，南方之原。不績其麻，市也婆娑。
穀旦于逝，越以鬷邁。視爾如荍，貽我握椒。

①枌（ㄈㄣˊ）：樹名，白榆。②婆娑（ㄆㄛˊ ㄙㄨㄛ）：舞蹈的樣子。③穀
（ㄍㄨˇ）：良辰、好日子。④鬷（ㄗㄨㄥ）：聚集。⑤荍（ㄑㄧㄠˊ）：錦葵。
草本植物，夏季開紫色或白色花。⑥貽（ㄧˊ）：贈送。

SECULAR DANCERS

From white elms at east gate, To oak-trees on the mound.
Lad and lass have a date; They dance gaily around.
A good morning is chosen, To go to the south where,
Leaving the hemp unwoven, They dance at country fair.
They go at morning hours, Together to highland. Lasses
look like sunflowers, A token of love in hand.

東門有榆樹投下綠蔭，宛丘有柞樹連成行。子仲家裡的女孩子，起舞於樹下，身姿曼妙。

這是安閒的時刻，我們可以暫時放棄勞作，選個好日子去南邊的平地。忘記紡織的麻線，一起去那熱鬧地界婆娑起舞。

選個好日子，大家一起去吧。舞出三分醉意，我看你美麗如錦葵，你送我一束花椒。

張愛玲說「中國是沒有跳舞的國家。從前大概有過，就連在從前有舞的時候，大家也不過看看表演而已，並不參加」。這首詩差不多可以推翻這說法了。在農閒時候，人人都有舞蹈的熱望，子仲家的女兒是獨舞，還有人呼朋喚友要到南方之原群舞。「視爾如荍，貽我握椒」也不一定就與愛情有關，在舞蹈帶來的醉意裡，看所有人的目光裡，都會加一層濾鏡。

陳風・衡門

衡門之下，可以棲遲。泌之洋洋，可以樂飢。
豈其食魚，必河之魴？豈其取妻，必齊之姜？
豈其食魚，必河之鯉？豈其取妻，必宋之子？

①泌（ㄇㄧˋ）：泉水。②魴（ㄈㄤˊ）：魚名。

CONTENTMENT

Beneath the door of single beam, You can sit and rest at
your leisure; Beside the gently flowing stream, You may
drink to stay hunger with pleasure.
If you want to eat fish, Why must you have bream as you
wish? If you want to be wed, Why must you have Qi the
nobly bred?
If you want to eat fish, Why must you have carp as you
wish? If you want to be wed, Why must you have Song the
highly bred?

橫木做門楗的簡陋屋子，已經可以棲居。汨汨流淌的泉水，已經可以療飢。

　　難道我們吃魚，非得吃大河裡的魴魚？難道我要娶妻，非得是齊國的姜姓女？

　　難道我們吃魚，必須是大河裡的鯉魚？難道我要娶妻，非得是宋家的美女？

　　對於品牌過分的迷戀，古亦有之。而這位歌者，沒有住過軒亭堂館，沒有品嘗過世間珍奇，也不打算娶個出身名門的老婆。他的感覺從不曾被擾亂過，卻因此保持著天然的敏感。能嗅到陽光的香味，品出泉水的清甜，能與一個背景樸素的女子兩情相悅。刪繁就簡之後，他擁有的，是生活最為本質的那一部分。

陳風・東門之池

東門之池，可以漚麻。彼美淑姬，可與晤歌。
東門之池，可以漚紵。彼美淑姬，可與晤語。
東門之池，可以漚菅。彼美淑姬，可與晤言。

①漚（ㄡˋ）：長時間用水浸泡。②晤歌（ㄨˋ ㄍㄜ）：用歌聲互相唱和，
即對歌。③紵（ㄓㄨˋ）：同「苧」，苧麻，也指用苧麻纖維織成的布。
④菅（ㄐㄧㄢ）：菅草，多年生草本植物。

To a Weaving Maiden

At eastern gate we could, Steep hemp in river long.
O maiden fair and good, To you I'll sing a song.
At eastern gate we could, Steep nettle in the creek.
O maiden fair and good, To you I wish to speak.
At eastern gate we could, Steep in the moat rush-rope.
O maiden fair and good, On you I hang my hope.

東門外的護城河，是天然的漚麻池。遇到美麗的好姑娘，可以和她歌一曲。

　　東門外的護城河，是天然的漚紵池。遇到美麗的好姑娘，該有多少話可以說。

　　東門外的護城河，是天然的漚菅池。遇到美麗的好姑娘，有太多話想跟她說。

　　勞動是快樂的，假如能夠遇到心儀的女子，不管是漚麻、漚紵、漚菅，愛意能把勞動變成慶典，能把勞動場所變成福地。對歌、交談，是鑲嵌在這普通時日的珍寶，讓人在心中忍不住一再拭擦，將周遭照得更加明亮。

陳風 · 東門之楊

東門之楊，其葉牂牂。昏以為期，明星煌煌。
東門之楊，其葉肺肺。昏以為期，明星哲哲。

①牂牂（ㄗㄤ ㄗㄤ）：風吹樹葉的響聲。一說草木茂盛的樣子。②煌煌
（ㄏㄨㄤˊ ㄏㄨㄤˊ）：明亮的樣子。③肺肺（ㄆㄟˋ ㄆㄟˋ）：植物生長茂盛
的樣子。④哲哲（ㄓㄜˊ ㄓㄜˊ）：明亮的樣子。

A DATE

On poplars by east gate, The leaves are rustling light.
At dusk we have a date; The evening star shines bright.
On poplars by east gate, The leaves are shivering.
At dusk we have a date; The morning star is quivering.

東門長著高大的白楊，風吹過，每一片葉子都沙沙作響。我們約定了黃昏時見面，而現在，只有我獨自欣賞這滿天星光。

東門長著高大的白楊，我聽風將它的葉子吹得作響。我們約定在黃昏見面，而現在，星光滿天，你還沒有來到我身旁。

他們本來相約黃昏，但此刻已是明星煌煌，其中一位還沒有現身。約客不來，猶如遊園不值，都是令人沮喪之事，但是詩中人卻有餘暇透過楊樹的枝葉去看天上的星斗，似乎很享受等待的這一刻。

行到水窮處，不妨坐看雲起時，把對方的失約當成享受獨處的機會，是不是就能體會到別樣的風情？

陳風・防有鵲巢

防有鵲巢，邛有旨苕。誰侜予美？心焉忉忉。
中唐有甓，邛有旨鷊；誰侜予美？心焉惕惕。

①邛（ㄑㄩㄥˊ）：土丘。②苕（ㄊㄧㄠˊ）：凌霜花之古稱。一種蔓生植物，生長在低濕的地上。③侜（ㄓㄡ）：欺騙、挑撥。④忉忉（ㄉㄠ ㄉㄠ）：憂愁不安的樣子。⑤甓（ㄆㄧˋ）：磚瓦、瓦片。一說通「鷊」，野鴨子。⑥鷊（ㄧˋ）：小草有雜色，似綬。⑦惕惕（ㄊㄧˋ ㄊㄧˋ）：憂心、恐懼。

RIVERSIDE MAGPIES

By riverside magpies appear; On hillock water grasses grow.
Believe none who deceives, my dear, Or my heart will be
full of woe.
How can the court be paved with tiles, Or hillock spread
with water grass? Believe, my dear, none who beguiles, Or
I'll worry for you, alas!

幾曾見堤岸上築有鵲巢？幾曾見土丘上開著凌霄？是誰在誆騙我心愛的人？讓我心中一片煩惱。

幾曾見瓦片鋪陳於朝堂前的大路？幾曾見土丘上長著綏草？是誰在誆騙我心愛的人，讓我的心中憂懼難消。

信任應該是愛的成分之一，奈何越是深愛就往往越容易患得患失，越容易相信那些流言蜚語，為人所離間。詩中人試圖對所愛的人講常識，堤壩上不會有鵲巢，土丘上也開不了凌霄花，所以請相信我的話吧，別去信他們。

他有理有據，又口乾舌燥，真愛總是讓人如此煩惱。

陳風・月出

月出皎兮，佼人僚兮，舒窈糾兮，勞心悄兮！
月出皓兮，佼人懰兮，舒憂受兮，勞心慅兮！
月出照兮，佼人燎兮，舒夭紹兮，勞心慘兮！

①皎（ㄐㄧㄠˇ）：《毛傳》：「皎，月光也。」謂月光潔白明亮。②僚（ㄌㄧㄠˊ）：同「嫽」，嬌美。③窈糾（ㄧㄠˇ ㄐㄧㄡ）：形容女子行走時體態優美。④皓（ㄏㄠˋ）：潔白、明亮。⑤懰（ㄌㄧㄡˇ）：嫵媚。⑥慅（ㄘㄠˇ）：憂愁、心神不安。⑦燎（ㄌㄧㄠˋ）：明也。一說姣美。⑧慘：焦躁貌。

THE MOON

The moon shines bright; My love's snow-white. She looks so cute. Can I be mute?

The bright moon gleams; My dear love beams. Her face so fair, Can I not care?

The bright moon turns; With love she burns. Her hands so fine, Can I not pine?

初升的月亮是那樣皎潔，原本就美麗的她更美了。她步履舒緩身姿窈窕，我的心深深地憂傷起來了。

月亮皓然，盈盈上升，月下的她，多麼嫵媚。她腳步舒緩身姿婀娜，我的心忽然就憂愁起來了。

月亮高掛，照亮世間，她也像月光那樣耀眼。她腰身柔軟腳步悠然，我的心卻遠遠地亂了。

美麗的事物常常會讓人憂傷，不管是一首樂曲，還是一個美麗的背影。

月光下，那女子美出一種非人間的風韻，讓人忍不住想要讚美，卻又生出凡人的自慚形穢。於是他遠遠地，將她與月光視為一個整體，再三欣賞，同時感受著身為一個凡人的無能為力。

陳風‧澤陂

彼澤之陂，有蒲與荷。有美一人，傷如之何！寤寐
無為，涕泗滂沱。

彼澤之陂，有蒲與蕑。有美一人，碩大且卷。寤寐
無為，中心悁悁。

彼澤之陂，有蒲菡萏。有美一人，碩大且儼。寤寐
無為，輾轉伏枕。

①陂（ㄆㄟˊ）：堤岸。②滂沱（ㄆㄤ ㄊㄨㄛˊ）：本意是形容雨下得很大，
此處比喻眼淚流得很多，哭得厲害。③蕑（ㄐㄧㄢ）：蓮蓬，荷花的果
實。一說蘭草。《魯詩》作「蓮」。④悁悁（ㄐㄩㄢ ㄐㄩㄢ）：憂傷愁悶的
樣子。⑤菡萏（ㄏㄢˋ ㄉㄢˋ）：荷花的別名。⑥儼（ㄧㄢˇ）：莊重。《毛傳》：
「儼，矜莊貌。」

A Bewitching Lady

By poolside over there, Grow reed and lotus bloom. There
is a lady fair, Whose heart is full of gloom. She does nothing
in bed; Like streams her tears are shed.

By poolside over there, Grow reed and orchid bloom. There
is a lady fair, Heart-broken, full of gloom. Tall and with a
curled head, She does nothing in bed.

By poolside over there, Grow reed and lotus thin. There is
a lady fair, Tall and with double chin. She does nothing in
bed, Tossing about her head.

池塘岸邊，綠的是蒲草，粉的是荷。我心中有那樣美好的一個人，這感傷如何說。夜以繼日的想念，讓我無可奈何，深夜裡，我的眼淚如大雨滂沱。

蒲草與蓮蓬，搖曳於池塘岸邊。我心中有那樣俊美的一個人，他有偉岸的身姿，又有微捲的鬢髮。夜以繼日的想念，讓我無所作為，我從此知道，愛的別名叫做熬煎。

蒲草，還有荷花的苞，在池塘邊婆娑有致。美好的他，時刻在我心中。他身姿偉岸神情莊重，儼然不許到近前。深夜我伏在枕上，他永遠不會了解我心中的輾轉。

詩中的女子，愛上一個讓她感到絕望的人。對方俊美、高大，有漂亮的卷髮。但同時，又神情莊嚴，是不容易被打動的那一類人。比大河還要寬廣的鴻溝在他們之間，她沒有希望。這種絕望與池塘邊明豔的風景對照，形成了奇特的美感。

檜風 · 素冠

庶見素冠兮，棘人欒欒兮。勞心慱慱兮。
庶見素衣兮，我心傷悲兮。聊與子同歸兮。
庶見素韠兮，我心蘊結兮。聊與子如一兮。

①欒欒（ㄌㄨㄢˊ ㄌㄨㄢˊ）：拘束，不自由。一說，瘦瘠貌。②慱慱（ㄊㄨㄢˊ ㄊㄨㄢˊ）：憂苦不安。③韠（ㄅㄧˋ）：即蔽膝，古代官服裝飾，革製，縫在腹下膝上。

THE MOURNING WIFE

The deceased's white cap seen, His worn-out face so lean, I feel a sorrow keen.

Seeing my lord's white dress, I become comfortless; I would share his distress.

I see his white cover-keen, Sorrow is knotted on me, One with him I would be!

有幸又見到頭戴銀冠的您，神情哀戚形銷骨立，我心中憂愁不能自已。

有幸又見到身穿白衣的您，我的心中是多麼傷悲，我要說我願與你同歸。

有幸又見到白裳蔽膝的您，我萬千心結蘊結難解，您要知道無論何時，我與您，都始終是同一個人。

素冠素衣，很容易被人理解為「守孝之人」，舊說這首詩是安慰一個穿孝服的人。然而，「聊與子同歸」、「聊與子如一」，都像是愛的誓盟，作為安慰就未免有點過火。

這首詩更像是女子對同心而離居的情人的訴說，他們終於見面，他一襲白衣，神色慘淡，現實製造了鴻溝，讓她感到能夠見他一面都很幸運，但她仍然說，她要與他同歸，與他永遠是同一個人。

曹風・蜉蝣

蜉蝣之羽，衣裳楚楚。心之憂矣，於我歸處。
蜉蝣之翼，采采衣服。心之憂矣，於我歸息。
蜉蝣掘閱，麻衣如雪。心之憂矣，於我歸說。

①蜉蝣（ㄈㄨˊㄧㄡˊ）：蟲名，頭似蜻蛉而略小，有四翅，體細而狹。
夏秋之交，多近水而飛，往往數小時即死。②掘閱（ㄩㄝˋ）：小蟲化
生，掘地而出。

THE EPHEMERA

The ephemera's wings, Like morning robes are bright.
Grief to my heart it brings; Where will it be at night?
The ephemera's wings, Like rainbow robes are bright.
Grief to my heart it brings; Where will it rest by night?
The ephemera's hole, Like robe of hemp snow-white.
It brings grief to my soul: Where may I go tonight?

蜉蝣振動翅膀，如同鮮明的衣裳，有煩憂自我心頭升起，這美麗又短命的生靈，讓我思考，何處是我的歸處。

蜉蝣拍打著薄翼，像是披著絢麗的衣服，讓我怎能不煩惱，我不知道哪裡是我的歸息之處。

蜉蝣穿地而出，蛻變之後，它麻紋的衣服潔白如雪，我心中壓著重重的煩憂，萬物終歸虛無，到底哪裡，才是我的歸宿？

《紅樓夢》裡，賈寶玉對著大觀園的花紅柳綠，想到的卻是將來這美好的一切都終將灰飛煙滅，再由物及人，想到所愛的乃至自己，都與斯花斯柳斯園同樣的命運，不由悲從中來，恨不得逃出塵網，始可解釋這段悲傷。

對於無常的恐懼，是善感的心靈躲不開的痛。

豳風・七月

七月流火，九月授衣。一之日觱發，二之日栗烈。
無衣無褐，何以卒歲？三之日于耜，四之日舉趾。
同我婦子，饁彼南畝。田畯至喜。

七月流火，九月授衣。春日載陽，有鳴倉庚。女執
懿筐，遵彼微行，爰求柔桑。春日遲遲，采蘩祁祁。
女心傷悲，殆及公子同歸。

①豳（ㄅㄧㄣ）：古邑名。②七月流火：火，或稱大火，星名。流，流動。
每年夏曆五月，黃昏時候，這星當正南方，也就是正中和最高的位
置。過了六月就偏西向下，叫做「流」。③授衣：縫製冬衣。④一之
日：十月以後第一個月的日子，即十一月。⑤觱（ㄅㄧˋ）：寒風觸物
發出的聲響。⑥栗烈：寒冷。⑦褐（ㄏㄜˋ）：粗布衣。⑧卒歲：終歲、
年底。⑨耜（ㄙˋ）：掘土用的農具。⑩趾（ㄓˇ）：足。⑪饁（ㄧㄝˋ）：

LIFE OF PEASANTS

In seventh moon, Fire Star west goes; In ninth to make dress
we are told. In eleventh moon the wind blows; In twelfth the
weather is cold. We have no warm garments to wear. How
can we get through the year? In the first moon we mend our
plough with care; In the second our way afield we steer. Our
wives and children take the food, To southern fields; the
overseer says, "Good!"
In seventh moon, Fire Star west goes; In ninth we make dress
all day long. By and by warm spring grows, And golden orioles
sing their song. The lasses take their baskets deep, And go
along the small pathways, To gather tender mulberry leaves
in heap. When lengthen vernal days, They pile in heaps the
southernwood. They are in gloomy mood. For they will say
adieu to maidenhood.

七月流火，八月萑葦。蠶月條桑，取彼斧斨。以伐遠揚，猗彼女桑。七月鳴鵙，八月載績。載玄載黃，我朱孔陽，為公子裳。

四月秀葽，五月鳴蜩。八月其獲，十月隕蘀。一之日于貉，取彼狐狸，為公子裘。二之日其同，載纘武功。言私其豵，獻豜于公。

送飯給在田裡工作的人吃。⑫畯（ㄐㄩㄣˋ）：農官。⑬倉庚：黃鶯。⑭懿（一ˋ）：深。⑮蘩（ㄈㄢˊ）：白蒿。⑯祁祁：眾多，此指採蘩者多。⑰萑葦（ㄏㄨㄢˊ ㄨㄟˇ）：蘆葦。⑱斨（ㄑ一ㄤ）：方孔的斧頭。⑲鵙（ㄐㄩˊ）：伯勞鳥。⑳葽（一ㄠ）：植物名。㉑蜩（ㄊ一ㄠˊ）：蟬。㉒蘀（ㄊㄨㄛˋ）：草木脫落下來的皮或葉。㉓纘（ㄗㄨㄢˇ）：繼續。㉔武功：打獵。㉕豵（ㄗㄨㄥ）：一歲的小豬，此指小的野獸。㉖豜（ㄐ一ㄢ）：三歲的豬，此指大的野獸。

In seventh moon, Fire Star west goes; In eighth we gather rush and reed. In silkworm month with axe's blow, We cut mulberry sprigs with speed. We lop off branches long and high, And bring young tender leaves in. In seventh moon we hear shrikes cry; In eighth moon we begin to spin. We use a bright red dye, And a dark yellow one, To color robes of our lord's son.
In fourth moon grass begins to seed; In fifth cicadas cry. In eighth moon to reap we proceed; In tenth down come leaves dry. In eleventh moon we go in chase, For wild cats and foxes fleet, To make furs for the sons of noble race. In the twelfth moon we meet, And manoeuvre with lance and sword. We keep the smaller boars for our reward, And offer larger ones o'er to our lord.

豳風 · 七月

五月斯螽動股，六月莎雞振羽。七月在野，八月在
宇，九月在戶，十月蟋蟀，入我床下。穹窒熏鼠，
塞向墐戶。嗟我婦子，曰為改歲，入此室處。
六月食鬱及薁，七月亨葵及菽。八月剝棗，十月穫
稻。為此春酒，以介眉壽。七月食瓜，八月斷壺，
九月叔苴，采茶薪樗。食我農夫。

㉗斯螽（ㄓㄨㄥ）：蚱蜢。㉘莎雞：蟲名，紡織娘。㉙墐（ㄐㄧㄣˋ）：用
泥塗塞。㉚薁（ㄩˋ）：植物名，一說為野葡萄。㉛菽（ㄕㄨˊ）：豆類的
總稱。㉜苴（ㄐㄩ）：秋麻籽。㉝茶（ㄊㄨˊ）：苦菜。㉞樗（ㄕㄨ）：樹名，
臭椿。

LIFE OF PEASANTS

In fifth moon locusts move their legs; In sixth the spinner
shakes its wings. In seventh the cricket lays its eggs; In eighth
under the eaves it sings.In ninth it moves indoors when chilled;
In tenth it enters under the bed. We clear the corners, chinks
are filled, We smoke the house and rats run in dread. We
plaster northern window and door, And tell our wives and lad
and lass; The old year will soon be no more. Let's dwell inside,
alas!
In sixth moon we've wild plums and grapes to eat; In seventh
we cook beans and mallows nice. In eighth moon down the
dates we beat; In tenth we reap the rice, And brew the vernal
wine, A cordial for the oldest-grown. In seventh moon we eat
melon fine; In eighth moon the gourds are cut down. In ninth
we gather the hemp-seed; Of fetid tree we make firewood; We
gather lettuce to feed, Our husbandmen as food.

九月築場圃，十月納禾稼。黍稷重穋，禾麻菽麥。嗟我農夫，我稼既同，上入執宮功。晝爾于茅，宵爾索綯，亟其乘屋，其始播百穀。

二之日鑿冰沖沖，三之日納于凌陰。四之日其蚤，獻羔祭韭。九月肅霜，十月滌場。朋酒斯饗，曰殺羔羊，躋彼公堂。稱彼兕觥：萬壽無疆！

㉟穋（ㄌㄨˋ）：後種先熟的稻穀。㊱綯（ㄊㄠˊ）：繩子。㊲亟（ㄐㄧˊ）：急切。㊳沖沖：鑿冰的聲音。㊴凌陰：藏冰之處。㊵蚤（ㄗㄠˇ）：一說通「早」，古代的祭祖儀式。㊶滌（ㄉㄧˊ）：清掃。㊷饗（ㄒㄧㄤˇ）：款待。

In ninth moon we repair the threshing-floor; In tenth we bring in harvest clean; The millet sown early and late are put in store, And wheat and hemp, paddy and bean. There is no rest for husbandmen: Once harvesting is done, alas! We're sent to work in lord's house then. By day for thatch we gather reed and grass; At night we twist them into ropes, Then hurry to mend the roofs again, For we should not abandon the hopes, Of sowing in time our fields with grain.

In the twelfth moon we hew out ice; In the first moon we store it deep. In the second we offer early sacrifice, Of garlic, lamb and sheep. in ninth moon frosty is the weather; In tenth we sweep and clear the threshing-floor. We drink two bottles of wine together, And kill a lamb before the door. Then we go up To the hall where, We raise our buffalo-horn cup, And wish our lord to live fore'er.

豳風・七月

七月火星西落，天氣轉涼，到了九月，婦女縫製冬天的衣裳。十一月的時候，北風忽忽有聲，十二月更是寒氣凜冽。如果沒有衣服——不管是好的衣服還是粗布衣服，何以挨到年底？正月開始，維修鋤頭和犁耙。到了二月，開始下地幹活，家中的妻和孩子，送飯到南邊的田野，田官大人也過來吃吃喝喝。

七月火星西落，天氣轉涼，九月家中的主婦開始縫製冬衣。春天裡，陽光和熙，黃鸝兒婉轉鳴唱。少女們提著深深的竹筐，沿著小路一路走來。邊走邊伸手採摘著新發芽的桑葉，春天日子漸漸長了，採白蒿的人很多，人群中，姑娘心情很壞，因為她就要遠嫁到他鄉。

七月火星西落，八月則要割蘆荻了。三月，農人們開始修剪桑樹枝，他們拿著鋒利的斧頭，砍掉長枝條，又攀著細枝採摘桑樹嫩葉。七月，伯勞開始聲聲鳴叫，八月開始，家家戶戶都在織麻。織麻的絲線，有的黑，有的黃，而我織的是紅色的，是為了給公子織衣裳。

四月，草藥「遠志」結籽了。五月，知了在枝頭叫個沒完。八月的田間，人們忙著收割，十月的樹上，乾枯的葉子落了。冬月的時候獵戶開始上山打貉子，有時還會打到狐狸，取下狐狸皮送給貴人做皮襖。十二月的時候，獵人結伴打獵。打到小的獵物就自己分了，如果打到大型獵物，就獻給王公。

燕燕于飛——最美的詩經英譯新詮

五月蚱蜢開始舒展身體，聲聲鳴叫，六月的時候，紡織娘振翅欲飛。七月的時候，蟋蟀活躍在田野，八月牠們準備登屋入室，來到屋簷下。九月，他們進了家門口，十月鑽進我床下。與此同時，家裡要堵塞鼠洞，要用草藥熏老鼠，要封好北邊的窗和門縫，嘆息我的妻子和兒女，快要過年了，要到這樣的屋子裡居住。

六月李子和葡萄成熟了，七月，則煮葵豆，八月裡打棗，十月則下田去收割稻穀，釀成甜美的春酒，以祈求長壽。

七月的時候可以吃瓜，八月的時候則是葫蘆成熟。九月收集秋麻籽，採摘苦菜，砍臭椿樹的枝葉做柴燒，農夫們用這些手藝，養活自己。

九月開始修築打穀場，十月，糧食收了倉。黍、稷、早稻和晚稻，還有粟、麻、豆、麥。作為農夫，勞作是長久的，收完了自己的莊稼，又要為官家築宮室。白天要去割取茅草，夜裡還要忙著搓繩，要趕緊上屋頂修好屋子，開春的時候，還得種百穀。

十二月的時候，沖沖地鑿冰，正月裡搬進冰窖中，二月要開始祭先祖，獻上韭菜和羊羔。九月裡天開始降霜，十月要清掃打穀場。然後是開始宴賓客，有美酒，還要宰殺羊羔。還要登上主人的廟堂，舉起酒杯共同祝福主人：萬壽無疆。

> 這首詩平白如話，但主題一向很有爭議，有人覺得它展現了周代農奴悲慘的生活，的確其中寫到了他們的被剝削。但是那種對於農事有條不紊的敘述，又體現了生活的迷人之處。也許，作者無意讚美或是鞭笞，只是平實地記下這一切。偉大作品常常是沒有態度的，留給後人去「橫看成嶺側成峰」。

豳風‧鴟鴞

鴟鴞鴟鴞，既取我子，無毀我室。恩斯勤斯，鬻子之閔斯。

迨天之未陰雨，徹彼桑土，綢繆牖戶。今女下民，或敢侮予？

予手拮据，予所捋荼。予所蓄租，予口卒瘏，曰予未有室家。

予羽譙譙，予尾翛翛，予室翹翹。風雨所漂搖，予維音嘵嘵

①鴟鴞（ㄔ ㄒㄧㄠ）：貓頭鷹。②鬻（ㄩˋ）：養。③閔（ㄇㄧㄣˇ）：病。④牖（ㄧㄡˇ）：窗戶。⑤捋（ㄌㄩˇ）：拿取。⑥卒瘏（ㄊㄨˊ）：患病。卒通「悴」。⑦譙譙（ㄑㄧㄠˊ ㄑㄧㄠˊ）：羽毛疏落貌。⑧翛翛（ㄒㄧㄠ ㄒㄧㄠ）：羽毛枯敝無澤貌。⑨嘵嘵（ㄒㄧㄠ ㄒㄧㄠ）：驚恐的叫聲。

A MOTHER BIRD

Owl, owl, you've taken my young ones away. Do not destroy my nest! With love and pain I toiled all day, To hatch them without rest.

Before it is going to rain, I gather roots of mulberry, And mend my nest with might and main, Lest others bully me.

My claws feel sore, From gathering reeds without rest; I put them up in store, Until my beak feels pain to mend my nest.

Sparse is my feather, And torn my tail; My nest is tossed in stormy weather; I cry and wail to no avail.

貓頭鷹啊貓頭鷹，你已奪走我的孩子，請不要再毀我的屋子。我辛辛苦苦，為了養育孩子都已經病倒了。

　　趁著還未陰天落雨，剝下桑樹的根與皮，修繕我的門窗。今天你們這些人，還敢欺侮我嗎？

　　我的指爪已經僵硬，卻還要去撿取蘆葦花與茅草，我的喙角也生了病，卻仍然不能給自己一個家。

　　我的羽毛殘破不堪，我的尾巴如同枯槁，我的房子危立於高處。風雨將至，令它飄搖，而我只能淒苦地啼叫。

　　底層人物的生活，岌岌可危，即便願意付出代價，也還是逃不出磨難的追擊。這隻小小鳥兒的自訴，可謂是字字血聲聲淚，在被摧毀一次之後，牠向那巨大的陰影求饒，然而磨難會放過牠？牠已經預感到風雨會再來一波，但是除了叫苦，牠也無法為自己做點什麼。

豳風 · 東山

我徂東山，慆慆不歸。我來自東，零雨其蒙。我東
曰歸，我心西悲。制彼裳衣，勿士行枚。蜎蜎者蠋，
烝在桑野。敦彼獨宿，亦在車下。

我徂東山，慆慆不歸。我來自東，零雨其蒙。果臝
之實，亦施于宇。伊威在室，蠨蛸在戶。町畽鹿場，
熠燿宵行。不可畏也，伊可懷也。

①徂（ㄘㄨˊ）：往、去。②慆慆（ㄊㄠ ㄊㄠ）：長久的樣子。③蜎蜎（ㄩㄢ
ㄩㄢ）：蟲蠕動的樣子。④蠋（ㄓㄨˊ）：蛾、蝶類的幼蟲。⑤烝（ㄓㄥ）：久。
⑥果臝（ㄍㄨㄛˇ）：一名栝樓。⑦蠨蛸（ㄒㄧㄠ ㄕㄠ）：一種蜘蛛。⑧町畽
（ㄊㄧㄥˇ ㄊㄨㄢˇ）：禽獸踐踏的地方。⑨熠（ㄧˋ）：光耀、明亮。

COMING BACK FROM THE EASTERN HILLS

To east hills sent away, Long did I there remain. Now on
my westward way, There falls a drizzling rain. Knowing
I'll be back from the east, My heart yearns for the west.
Fighting no more at least, I'll wear a farmer's vest. Curled up
as silkworm crept, On the mulberry tree, Beneath my cart
alone I slept. O how it saddened me!
To east hills sent away, Long did I there remain. Now on my
westward way, There falls a drizzling rain. The vine of gourd
may clamber, The wall and eave all o'er; I may find woodlice
in my chamber, And cobwebs across the door; I may see in
paddock deer-track, And glow-worms' fitful light. Still I
long to be back, To see such sorry sight.

我徂東山，慆慆不歸。我來自東，零雨其濛。鸛鳴
于垤，婦嘆于室。洒掃穹窒，我征聿至。有敦瓜苦，
烝在栗薪。自我不見，于今三年。

我徂東山，慆慆不歸。我來自東，零雨其濛。倉庚
于飛，熠燿其羽。之子于歸，皇駁其馬。親結其縭，
九十其儀。其新孔嘉，其舊如之何？

⑩鸛（ㄍㄨㄢˋ）：水鳥名，形似鶴。⑪垤（ㄉㄧㄝˊ）：小土堆。⑫聿（ㄩˋ）：
語助詞。⑬親結其縭（ㄌㄧˊ）：將佩巾結在帶子上，古代婚儀。

To east hills sent away, Long did I there remain. Now on my
westward way, There falls a drizzling rain. The cranes on ant-
hill cry; My wife in cottage room, May sprinkle, sweep and
sigh, For my returning home. The gourd may still hang high,
Beside the chestnut tree. O three years have gone by, Since
last she was with me.

To east hills sent away, Long did I there remain. Now on my
westward way, There falls a drizzling rain. The oriole takes
flight, With glinting wings outspread. I remember on horse
bright, My bride came to be wed. Her sash by her mother
tied, She should observe the rite. Happy was I to meet my
bride; How happy when my wife's in sight!

豳風・東山

　　我應征去往東山，很久沒有回家園，此刻我自東而歸，微雨濛濛，飄落在眼前。剛一聽到東歸的消息，我想起西邊的故鄉，竟然首先感到悲傷。我脫下軍隊的制服，換上才製作的家常衣裳，再也不用銜著小棍行軍，不用像那些蠕動在桑野之上的蠶一樣，縮成一團，睡在軍車底下。

　　我應征去往東山，很久沒有回家園，此刻我自東邊而歸，微雨濛濛，飄落在眼前。這是誰家的棄屋，栝樓的果實結在簷下，潮蟲在屋裡跑野馬，長腳蜘蛛到處扯網，門口的場地上，都是麋鹿行走的痕跡。還有鬼火和螢火蟲的亮光飛來飛去，這一切有點可怕？啊不，我曾懷念這一切，對於一個從戰場上歸來的人，即便這些荒涼，也讓人有一種在人間的感動。

　　我應征去往東山，很久沒有回家園，此刻我從東邊歸來，微雨濛濛，飄落在眼前。我已經看到那庭院，聽到旁邊小土堆上，鸛鳥熟悉的鳴叫，妻子一邊收拾屋子，一邊感嘆我還不回來，我就在這樣的時刻出現。我看見那個破葫蘆，它一直丟在柴堆上，我看不到這一切，已經三年。

　　我應征去往東山，很久沒有回家園，此刻我從東邊歸來，微雨濛濛，飄落在眼前。我還記得那個明媚的日子。黃鶯在陽光下展開鮮明的翅膀，我乘著馬車去接新嫁娘回來，那馬兒有白也有黃。我記得她的母親為她繫好了佩巾，又將禮節細細叮囑，新婚時的好光景長久地定格在我的心中，而此刻雖是老夫妻，那情怯一如當初。

史書上談起戰爭，總是成功和失敗的首領。「一將功成萬骨枯」，沒有文字描述那「萬骨」的感受，他們只是一個個被驅來遣去的卒子，被規定了，不能有靈魂。

　　他們自己也不能讓自己有靈魂吧？那樣的苦難中，要是他們想到自己是個人，只是徒增痛苦。麻木，是他們唯一能夠選擇的鎮痛方式。

　　這個士兵的返家之路，正是一步步找回作為人的感覺的過程。從棄屋，到自家的屋舍，再到最為甜美地回憶和妻子之間的互動。他一點一點從那銜枚的戰爭動物，變成了一個人。

6

第六章
呦呦鹿鳴

HOW GALLY
CALL THE DEER

鹿鳴之什・鹿鳴

呦呦鹿鳴，食野之苹。我有嘉賓，鼓瑟吹笙。吹笙鼓簧，承筐是將。人之好我，示我周行。

呦呦鹿鳴，食野之蒿。我有嘉賓，德音孔昭。視民不恌，君子是則是傚。我有旨酒，嘉賓式燕以敖。

呦呦鹿鳴，食野之芩。我有嘉賓，鼓瑟鼓琴。鼓瑟鼓琴，和樂且湛。我有旨酒，以燕樂嘉賓之心。

①呦呦（ㄧㄡ ㄧㄡ）：擬聲詞，形容鹿鳴聲。②簧（ㄏㄨㄤˊ）：笙上的簧片。③承筐：指奉上禮品。④蒿（ㄏㄠ）：又叫青蒿、香蒿，菊科植物。⑤昭（ㄓㄠ）：明。⑥恌（ㄊㄧㄠ）：同「佻」，輕薄、輕浮。⑦芩（ㄑㄧㄣˊ）：草名，蒿類植物。⑧湛（ㄉㄢ）：快樂。

To Guests

How gaily call the deer, While grazing in the shade! I have welcome guests here. Let lute and pipe be played. Let offerings appear, And lute and strings vibrate. If you love me, friends dear, Help me to rule the State.

How gaily call the deer, While eating southernwood! I have welcome guests here, Who give advices good. My people are benign; My lords will learn from you. I have delicious wine; You may enjoy my brew.

How gaily call the deer, Eating grass in the shade! I have welcome guests here. Let lute and flute be played. Play lute and zither fine; We may enjoy our best. I have delicious wine, To delight the heart of my guest.

那邊呦呦鹿鳴，鹿兒在地裡吃野苹，這邊是我滿座嘉賓，大家歡聚一堂，鼓瑟吹笙。不但鼓瑟又吹笙，我還將滿筐的幣帛贈。客人們對我很有愛，為我將未來的道路指明。

　　那邊呦呦鹿鳴，鹿兒在地裡吃青蒿，這邊是我的滿座嘉賓，他們都光明磊落，頗具美名。待人寬厚不輕佻，是君子們可以仿效的典範。我有美酒來相敬，願您享受這一切，得以盡歡。

　　那邊呦呦鹿鳴，鹿兒在地裡吃黃芩。這邊是我的滿座嘉賓，大家鼓瑟吹笙，樂器令人沉醉，歡聲笑語經久不息。我願以這樣的美酒，愉悅貴賓的心靈。

　　周天子宴請貴族時的祝酒歌，遣詞造句十分誠懇，以音樂、以美酒、以幣帛感謝這滿座嘉賓，謝謝他們擁有完美的道德，並且為自己指明方向。

　　後來曹操在《短歌行》裡引用前面四句，表達自己求賢若渴之意。

鹿鳴之什 · 常棣

常棣之華，鄂不韡韡，凡今之人，莫如兄弟。
死喪之威，兄弟孔懷，原隰裒矣，兄弟求矣。
脊令在原，兄弟急難，每有良朋，況也永嘆。
兄弟鬩于牆，外禦其務，每有良朋，烝也無戎。

①常棣（ㄉㄧˋ）：即棠棣，花名。②鄂不（ㄜˋ ㄅㄨˋ）：花萼和花托。
③韡韡（ㄨㄟˇ ㄨㄟˇ）：光明美麗的樣子。④原隰：原野。⑤裒（ㄆㄡˊ）：
聚。⑥鬩（ㄒㄧˋ）：爭吵。⑦烝（ㄓㄥ）：發語詞，或作良久之意。⑧戎
（ㄖㄨㄥˊ）：幫助。⑨儐（ㄅㄧㄣ）：陳列。

BROTHERHOOD

The blooms of cherry tree, How gorgeous they appear!
Great as the world may be, As brother none's so dear.
A dead man will be brought, To brother's mind with woe. A
lost man will be sought, By brothers high and low.
When a man is in need; Like wagtails flying high, To help
him brothers speed, While good friends only sigh.
Brothers quarrel within; They fight the foe outside. Good
friends are not akin; They only stand aside.

　　　　燕燕于飛——最美的詩經英譯新詮

喪亂既平，既安且寧，雖有兄弟，不如友生。
儐爾籩豆，飲酒之飫，兄弟既具，和樂且孺。
妻子好合，如鼓瑟琴，兄弟既翕，和樂且湛。
宜爾室家，樂爾妻帑，是究是圖，亶其然乎。

⑩籩豆（ㄅㄧㄢ ㄉㄡˋ）：籩和豆是祭祀或燕享時用來盛食物的器具。⑪飫（ㄩˋ）：滿足。⑫孺（ㄖㄨˊ）：相親。⑬翕（ㄒㄧˋ）：聚。⑭帑（ㄋㄨˊ）：通「孥」，兒女。⑮亶（ㄉㄢˇ）：信、確實。

When war comes to an end, Peace and rest reappear. Some may think a good friend, Better than brothers dear.
But you may drink your fill, With dishes in array, And feel happier still, To drink with brothers gay.
Your union with your wife, Is like music of lutes, And with brothers your life, Has longer, deeper roots.
Delight your family, Your wife and children dear. If farther you can see, Happiness will be near.

棠棣開放時有著璀璨的光華，花萼與花蒂也來幫襯，請看當今世上的人，有誰能比我們兄弟更親？

　　我們一同面對死亡的陰影，彼此關心，即便不幸命喪荒原，也會有兄弟從遙遠處尋來。

　　就像那鶺鴒鳥在原野上悲鳴，會有兄弟來趕赴這急難，而平日裡的那些好友，在這種時候最多為你悲嘆一聲。

　　在同一個屋簷下，兄弟之間難免會有磕磕碰碰，但外人欺負可不行，兄弟們一定會攜手抵禦。而平時裡那些稱兄道弟的朋友，再多也不會來幫你。

　　等到禍亂終於結束，生活恢復了安寧。這時你的親兄弟，卻不像朋友那樣能給你帶來快樂。

　　桌子上有一盤盤菜餚，杯中酒任你暢飲，兄弟們今天到齊了，快樂相親。

　　如何形容夫妻的相合，就像那合奏的琴與瑟。兄弟們既然聚在一起，且享受這一刻的安樂。

　　讓家庭變得更幸福，讓妻兒變得更快樂，好好想想這些簡單的道理，人生的真諦不過如此。

　　　　志同道合的朋友能夠為尋常時日錦上添花，血脈相連的兄弟才能在危急時刻雪中送炭，即便平時難免有嫌隙，一旦有外敵來辱，就會本能地同心協力，但是一旦轉危為安，我們還是更願意在一起。

　　　　這首詩有著驚人的誠實，將朋友與兄弟的作用區分得非常清楚。

鹿鳴之什 · 采薇

采薇采薇，薇亦作止。曰歸曰歸，歲亦莫止。靡室靡家，獫狁之故。不遑啟居，獫狁之故。

采薇采薇，薇亦柔止。曰歸曰歸，心亦憂止。憂心烈烈，載飢載渴。我戍未定，靡使歸聘。

采薇采薇，薇亦剛止。曰歸曰歸，歲亦陽止。王事靡盬，不遑啟處。憂心孔疚，我行不來！

①獫狁（ㄒㄧㄢˇ ㄩㄣˇ）：匈奴的古稱。②不遑（ㄅㄨˋ ㄏㄨㄤˊ）：無暇，沒有時間。③戍（ㄕㄨˋ）：防守，這裡指防守的地點。

A HOMESICK WARRIOR

We gather fern, Which springs up here. Why not return, Now ends the year? We left dear ones, To fight the Huns. We wake all night: The Huns cause fright.

We gather fern, So tender here. Why not return? My heart feels drear. Hard pressed by thirst, And hunger worst, My heart is burning, For home I'm yearning. Far from home, how, To send word now?

We gather fern, Which grows tough here. Why not return? The tenth month's near. The war not won, We cannot rest. Consoled by none, We feel distressed.

鹿鳴之什・采薇

彼爾維何？維常之華。彼路斯何？君子之車。戎車
既駕，四牡業業。豈敢定居？一月三捷。

駕彼四牡，四牡騤騤。君子所依，小人所腓。四牡
翼翼，象弭魚服。豈不日戒？玁狁孔棘！

昔我往矣，楊柳依依。今我來思，雨雪霏霏。行道
遲遲，載渴載飢。我心傷悲，莫知我哀！

④業業：高大強壯。⑤騤騤（ㄎㄨㄟˊ ㄎㄨㄟˊ）：強壯。⑥腓（ㄈㄟˊ）：
庇護，掩護。⑦弭（ㄇㄧˇ）：弓的一種，其兩端飾以骨角。

A HOMESICK WARRIOR

How gorgeous are, The cherry flowers! How great the car,
Of lord of ours! It's driven by, Four horses nice. We can't but
hie, In one month thrice.

Driven by four, Horses alined, Our lord before, We march
behind. Four horses neigh, Quiver and bow. Ready each day,
To fight the foe.

When I left here, Willows shed tear. I come hack now, Snow
bends the bough. Long, long the way; Hard, hard the day.
Hunger and thirst, Press me the worst. My grief o'er flows.
Who knows? Who knows?

野豌豆的苗剛剛冒出地面，可以上山採了。一直在說著要回家，一年已終也不能實現。沒有家，沒有妻兒，因為和玁狁的戰事。日夜無休，奔波在路上，也是為了和玁狁打仗。

　　野豌豆的苗長高了一些，枝葉柔嫩。一直說著我要回到家鄉，心裡憂苦，飢渴交加。駐地不定，也沒有人幫我捎回一點故鄉的問候。

　　野豌豆的苗已經開始變老了，依然在山上採了又採。一心想著要回家鄉，如今已到了十月小陽春。國家的征役沒有休止，戰爭也在繼續，無法有片刻安身。心裡苦悶，至今無法回家。

　　那開著的是什麼花？是棠棣。那路過的是什麼車？是將帥的戰車。戰車已經駕起，四匹雄馬很高大，作為小卒，我們怎麼可能安居？一個月內就有多次出征。

　　駕起四匹雄馬，四匹馬又高大又雄壯，那是將帥們的依靠，兵士們的庇護。馬匹們訓練得很好，裝飾著象骨弓和魚皮箭囊。每天都很戒備，因為戰事隨時會起。

　　回想當初出征，楊柳正好抽枝，隨風吹拂。如今回來的時候，雨夾著雪，滿天飛舞。道路泥濘，又飢又渴，心裡的倉惶，能與誰說。

　　這位解甲退役的征夫，正走在返鄉途中。道路崎嶇，風雪交加，他踽踽獨行，遙望著已經遠了的邊關，以及依然遙遠的故鄉。很多場景像放電影一樣，一個個鏡頭重新播放著。

鹿鳴之什・魚麗

魚麗于罶，鱨鯊。君子有酒，旨且多

魚麗于罶，魴鱧。君子有酒，多且旨。

魚麗于罶，鰋鯉。君子有酒，旨且有。

物其多矣，維其嘉矣！

物其旨矣，維其偕矣！

物其有矣，維其時矣！

①罶（ㄌㄧㄡˇ）：捕魚的器具。②鱨（ㄔㄤˊ）：黃頰魚。③鱧（ㄌㄧˇ）：俗稱黑魚。④鰋（ㄧㄢˇ）：俗稱鯰魚，體滑無鱗。

FISH AND WINE

How fish in the basket are fine! Sand-blowers and yellow-jaws as food. Our host has wine, So abundant and good.
How fish in the basket are fine! So many tenches and breams. Our host has wine: So good and abundant it seems.
How fish in the basket are fine! So many carps and mud-fish. Our host has wine, As abundant as you wish.
How abundant the food, So delicious and good!
How delicious the food at hand, From the sea and the land!
We love the food with reason, For it is all in season.

魚兒落入竹笱，有鱣又有鯊。主人備了酒，美味又豐富。
魚兒落入竹笱，有魴又有鱧。主人備了酒，豐富又美味。
魚兒落入竹笱，有鰋又有鯉。主人備了酒，美味又繁多。
酒食何其豐盛，味道多麼美好！
酒食何其美好，樣樣都齊備！
樣樣齊備還其次，最重要的都是時令貨。

　　世上的宴席有許多種，「夜雨剪春韭，新炊間黃粱」，是於匱乏中的一點微溫。這首《魚麗》呈現的，則是盛世中的豐饒。各種魚鮮，另有美酒，又多又美，還要合乎時令。雖然稍嫌鋪張，觀之卻令人神往。

南有嘉魚之什・湛露

湛湛露斯，匪陽不晞。厭厭夜飲，不醉無歸。
湛湛露斯，在彼豐草。厭厭夜飲，在宗載考。
湛湛露斯，在彼杞棘。顯允君子，莫不令德。
其桐其椅，其實離離。豈弟君子，莫不令儀。

①湛湛（ㄓㄢˋ ㄓㄢˋ）：濃重深厚。②匪：通「非」。③晞（ㄒㄧ）：乾。
④厭厭（ㄧㄢ ㄧㄢ）：安靜。⑤豈弟（ㄎㄞˇ ㄊㄧˋ）：同「愷悌」，和樂平易。

THE HEAVY DEW

The heavy dew so bright, Is dried up on the trunk. Feasting long all the night, None will retire till drunk.

The heavy dew is bright, On lush grass in the dell. We feast long all the night, Till rings the temple bell.

Bright is the heavy dew, On date and willow trees. Our noble guests are true, And good at perfect ease.

The plane and jujube trees, Have their fruits hanging down. Our noble guests will please, In manner and renown.

露水已經很深了，不等出太陽不會乾。這樣的夜晚，應該安心飲酒，若你還沒有醉，就不要回去。

　　露水已經很深了，掛在豐茂的草叢上。這樣的夜晚，讓我們安心飲酒，在宗廟的廳堂上。

　　那重重的露水啊，掛在枸杞與酸棗樹上。光明誠懇的君子，美德使他不會失態。

　　梧桐與油桐，都結出離離的果實。平易近人的君子，都有美好的儀容。

　　這似乎是一場工作餐，有人乾脆說是周天子宴請諸侯。天子可以說「厭厭夜飲，不醉無歸」，群臣們卻心中有數，氣氛相當矜持，還說是君子哪怕喝了酒，也都會有很莊重的儀表。

鴻雁之什 · 黃鳥

黃鳥黃鳥，無集于穀，無啄我粟。此邦之人，不我
肯穀。言旋言歸，復我邦族。

黃鳥黃鳥，無集于桑，無啄我粱。此邦之人，不可
與明。言旋言歸，復我諸兄。

黃鳥黃鳥，無集于栩，無啄我黍。此邦之人，不可
與處。言旋言歸，復我諸父。

①穀（ㄍㄨˇ）：樹名，即楮樹。②肯穀：善待。

YELLOW BIRDS

O yellow birds, her phrase. Don't settle on the trees. Don't
eat my paddy grain. The people here won't deign, To treat
foreigners well. I will go back and dwell, In my family cell.
O yellow birds, hear please. Don't perch on mulberries.
Don't eat my sorgham grain. The people here won't deign,
To come and understand. I will go back offhand, To my dear
brethren's land.
O yellow birds, hear please. Don't settle on oat-trees. Don't
eat my millet grain. To let me live at ease. So I'll go back
again, To my dear uncles' plain.

黃鳥啊黃鳥，不要聚集在楮樹上，不要啄食我的粟米。這個地方的人，容不下我。我想趕緊歸去，回到我自己的家鄉。

　　黃鳥啊黃鳥，不要聚集在桑樹上，不要啄食我的高粱。這個地方的人，沒有信義可言。我想趕緊歸去，回到我的哥哥身旁。

　　黃鳥啊黃鳥，不要聚集在柞樹上，不要啄食我的黍米。這個地方的人，根本無法相處。我想趕緊歸去，回到長輩的身旁。

　　舊時的人大多被固定在一個地方，休養生息，一旦離開家鄉，就成為很不自在的異鄉人，也會被抱團的當地人排斥，彼此之間有著很深的隔閡。於是這個異鄉人，在渴望返鄉的同時，不由自主地開起了「地圖炮」。

鴻雁之什・我行其野

我行其野，蔽芾其樗。昏姻之故，言就爾居。爾不
我畜，復我邦家。

我行其野，言采其蓫。昏姻之故，言就爾宿。爾不
我畜，言歸斯復。

我行其野，言采其葍。不思舊姻，求爾新特。成不
以富，亦祇以異。

①蔽芾（ㄅㄟˋ ㄈㄟˋ）：樹葉初生的樣子。②樗（ㄕㄨ）：臭椿樹，無用
之材，喻所托非人。③蓫（ㄓㄨˊ）：多年生草本植物，即羊蹄。④葍
（ㄈㄨˊ）：多年生草本植物，莖有惡臭。⑤祇（ㄓ）：只、恰恰。

A Rejected Husband

I go by countryside, With withered trees o'erspread. With
you I would reside, For to you I was wed. Now you reject
my hand, I'll go back to my land.

I go by countryside, With sheep's foot overspread. I'll sleep
by your bedside, For to you I was wed. Now you reject my
hand, I'll go back to homeland.

I go by countryside, With pokeweed overspread. You drove
husband outside, To another you'll wed. I can't bear your
disdain, So I go back with pain.

我獨自行走在郊野，臭椿樹上剛出新葉。只因和你結為夫婦，我才住到你的家中。如今你不肯善待我，我還回我當初的家裡。

我獨自行走在郊野，隨手採一把羊蹄菜。只因和你結為夫婦，我才住到你的家中。如今你不肯善待我，我只能回我當初的家裡去。

我獨自行走在郊野，採下沒有人要的葍菜。你忘掉我這舊人，只想追逐新歡。並不是她多麼富有，不過是你喜新厭舊。

樗、蓫、葍皆是不怎麼受人待見的植物，這個獨行的女子一路採摘，不過是因為不知道該去哪裡。舊時女子，嫁人就是一場冒險，娘家的門基本對她們關上了一半，她說著要回娘家，卻一路採那些沒人要的東西，直到最後終於爆發：她哪點比我好？只不過是你貪圖新奇而已。

節南山之什・小宛

宛彼鳴鳩，翰飛戾天。我心憂傷，念昔先人。明發
不寐，有懷二人。

人之齊聖，飲酒溫克。彼昏不知，壹醉日富。各敬
爾儀，天命不又。

中原有菽，庶民采之。螟蛉有子，蜾蠃負之。教誨
爾子，式穀似之。

①鳩（ㄐㄧㄡ）：鴿形目鳩鴿科部分鳥類的通稱。其狀似鴿，頭小胸凸，
灰色有斑紋，尾短翼長。②螟蛉（ㄇㄧㄥˊ ㄌㄧㄥˊ）：一種害蟲，也稱
為「青蟲」。③蜾蠃（ㄍㄨㄛˇ ㄌㄨㄛˇ）：黑色的細腰土蜂。常捕捉螟蛉
入巢，以養育其幼蟲。古人誤以為是代螟蛉哺養幼蟲，故稱養子為
螟蛉。④穀（ㄍㄨˇ）：善。

REFLECTIONS

Small is the cooing dove, But it can fly above. My heart feels
sad and drear, Missing my parents dear. Till daybreak I can't
sleep, Lost so long in thoughts deep.

Those who are grave and wise, In drinking won't get drunk;
But those who have dull eyes, In drinking will be sunk. From
drinking be restrained. What's lost can't be regained.

There are beans in the plain; People gather their grain. The
insect has young ones; The sphex bears them away. So teach
and train your sons, Lest they should go astray.

題彼脊令，載飛載鳴。我日斯邁，而月斯征。夙興夜寐，毋忝爾所生。

交交桑扈，率場啄粟。哀我填寡，宜岸宜獄。握粟出卜，自何能穀？

溫溫恭人，如集于木。惴惴小心，如臨于谷。戰戰兢兢，如履薄冰。

⑤桑扈（ㄙㄤ ㄏㄨˋ）：鳥名，俗名青雀。⑥惴惴（ㄓㄨㄟˋ ㄓㄨㄟˋ）：憂懼戒慎的樣子。

The wagtails wing their ways, And twittering they're gone. Advancing are my days; Your months are going on. Early to rise and late to bed! Don't disgrace those by whom you're bred!

The greenbeaks on their tour, Peck grain in the stack-yard. I am lonely and poor, Unfit for working hard. I go out to divine, How can I not decline.

Precarious, ill at ease, As if perched on trees; Careful lest I should ail, On the brink of a vale; I tremble twice or thrice, As treading on thin ice.

斑鳩是一隻小小鳥，卻想憤而飛天，我心裡被憂傷壅塞，想起那些音容渺遠的祖先。天都快亮了，我越發睡不著，懷念起我已經離去的父母。

　　我曾從他們那裡聽說，凡是正直智慧的人，喝起酒來有節制，只有那些糊塗人，才會一天到晚濫飲。我們應該講究自己的形象，否則天命一旦失去，就絕不會再回頭。

　　田地裡有豆苗，老百姓去採摘，螟蛉有兒子，細腰蜂捉回自己的窩巢，對牠再三教導。那麼對你的兒子，也應該延續祖先的美德。

　　看那小小的鶺鴒鳥，一邊飛一邊叫，我們也同樣在一個個時日裡奔波。早起晚睡，不能讓自己的父母蒙羞。

　　然而這年頭活著不易，原本吃肉的青雀，現在只能聊勝於無地去啄啄穀粒。可憐我已經貧病交加，居然也會被關進監獄。我抓一把小米去占卜，想問問，是否還有自己的活路。

　　像我這樣一個溫良的老實人，活著卻像時刻站在高樹上。我惴惴不安朝下看，又像是站在懸崖邊。我的腿腳戰戰不敢挪動，又像踩著易碎的薄冰。

這是一個貧苦人，手無寸鐵，動輒得咎，他不敢做任何抵抗，試圖以安分守己來自我保全。這是一篇他叮囑兄弟或是自己的話，我們不難看出，他對於那些不可預知的風霜刀劍的惶恐。

　　海德格爾說，人，詩意地棲居；尼采說，人，應該成為超人。太多的詩篇，宣揚著靈魂的自由飛翔。但是，《詩經》裡這個人的聲音，才是大多數人銘記不忘的原則：你必須勤勞，你不可以多飲酒，你要沿著先人的步履亦步亦趨，他們踩過的地方，應該沒有可怕的埋伏……猶如併攏雙腳，抱緊雙臂，蹲下去，無聲地呼吸，將自己占據的空間壓縮得更小一點，壓縮到被命運遺忘的角落。

谷風之什 · 谷風

習習谷風，維風及雨。將恐將懼，維予與女。將安將樂，女轉棄予。

習習谷風，維風及頹。將恐將懼，寘予于懷。將安將樂，棄予如遺。

習習谷風，維山崔嵬。無草不死，無木不萎。忘我大德，思我小怨。

①崔嵬（ㄘㄨㄟ ㄨㄟˊ）：高峻。②萎（ㄨㄟˇ）：草木枯黃。

WEAL AND WOE

Strong winds hard blow, Followed by rain. In times of woe, Firm we'd remain; Cast off in weal, Lonely I feel.
Strong winds hard blow, From morn till night. In times of woe, You held me tight; Cast off in weal, How sad I feel!
Strong winds blow high, But mountains stand. No grass but die, Nor trees in land. Much good's forgot; Small faults ale not.

燕燕于飛——最美的詩經英譯新詮

山谷裡的風吹得凶，不但有風還有雨。想起以前這樣令人恐懼的時刻，我們一直在一起。如今生活變得安樂，你卻棄我而去。

　　風呼嘯不息，伴隨著雷雨。想起以前這樣的時刻，你總攬我入懷，如今生活變得安樂，你棄我如敝履。

　　大風吹個不停，吹過高山頂。被風吹過的地方，草已枯，木也萎。你已忘記我對你的好，只念著小小的芥蒂。

　　他們曾經共苦，如今卻不能同甘，這呼呼吹的大風，彷彿是在為這可憐的棄婦，唱著哀歌。她怨恨他忘恩負義，卻依然不能忘他攬自己入懷的往昔。

谷風之什 · 蓼莪

蓼蓼者莪，匪莪伊蒿。哀哀父母，生我劬勞。
蓼蓼者莪，匪莪伊蔚。哀哀父母，生我勞瘁。
缾之罄矣，維罍之恥。鮮民之生，不如死之久矣。
無父何怙？無母何恃？出則銜恤，入則靡至。

①蓼蓼（ㄌㄨˋ ㄌㄨˋ）：苗壯又長大的樣子。②莪（ㄜˊ）：植物名，即莪蒿。李時珍《本草綱目》：「莪抱根叢生，俗謂之抱娘蒿。」③蒿（ㄏㄠ）：植物名，有青蒿、白蒿等數種。④劬勞（ㄑㄩˊ ㄌㄠˊ）：勞苦、辛勤。⑤蔚（ㄨㄟˋ）：植物名，即牡蒿。⑥瘁（ㄘㄨㄟˋ）：勞累。⑦罄（ㄑㄧㄥˋ）：盡。⑧罍（ㄌㄟˊ）：盛酒或水的容器。外形像壺，刻有雲雷紋形為飾。⑨怙（ㄏㄨˋ）：依靠。⑩恃（ㄕˋ）：依賴、依仗。⑩銜恤（ㄒㄧㄢˊ ㄒㄩˋ）：含憂。

THE PARENTS' DEATH

Long and large grows sweet grass, Not wild weed of no
worth. My parents died, alas! With toil they gave me birth.
Long and large grows sweet grass, Not shorter weed on
earth. My parents died, alas! With pain they gave me birth.
When the pitcher is void, Empty will be the jar. Our
parents' life destroyed, How sad we orphans are!
On whom can I rely, Now fatherless and motherless?
Outdoors, with grief I sigh; Indoors, I seem homeless.

燕燕于飛——最美的詩經英譯新詮

父兮生我，母兮鞠我。撫我畜我，長我育我，
顧我復我，出入腹我。欲報之德。昊天罔極！
南山烈烈，飄風發發。民莫不穀，我獨何害！
南山律律，飄風弗弗。民莫不穀，我獨不卒！

⑪鞠（ㄐㄩˊ）：養育、撫育。

My father gave me birth; By mother I was fed. They
cherished me with mirth, And by them I was bred.
They looked after me, And bore me out and in. Boundless as
sky should be, The kindness of our kin.
The southern mountain's high; The wind soughs without
cheer. Happy are those near by; Alone I'm sad and drear.
The southern mountain's cold; The wind blows a strong
blast. Happy are young and old; My grief fore'er will last.

我蒿長得很高大，它是不是我而是蒿，可憐天下的父母，養育子女，一生操碎了心。

　　我蒿挨挨擠擠，仔細看，並不是我，而是野生的牡蒿。哀悼著我死去的爹娘，一生太多勞苦。

　　提水的瓶兒，已經見底了，不能供水的水罐，應該感到可恥吧。我這樣一個孤兒活在世間，不如早點死掉。

　　沒有父親，誰是我的依靠？沒有母親，就彷彿永別了港灣。我憂愁地在人世上漂泊，回到家也看不到熟悉的臉。

　　想到父母生我養我之恩，撫育的繁瑣，教育的艱辛，小心地將我照顧，不管在家中在外面，都將我庇護。如今子欲養而親不在，我只能記得這天地一般的恩情無窮盡。

　　南山崎嶇，北風叫得淒厲。好像每個人都過得很好，只有我獨自承受苦難。

　　南山高聳，北風叫得淒厲。好像每個人都過得很好，只有我沒法贍養父母。

　　　　失去父母者的悲歌。父母的離去，引發他各種複雜的感情。他懷念父母的養育之恩，嘆息自己的孤單無助，懊悔不能夠回報父母……悲傷幾乎要將他淹沒，以至於他覺得，在這似乎每個人都過得不錯的世間，只有他是被災難擊中的那個。

　　　　父母是為他擋在死亡之前的最後一道關卡，當這道關卡消失，他的內心一潰千里。

谷風之什 · 四月

四月維夏，六月徂暑。先祖匪人，胡寧忍予？

秋日淒淒，百卉具腓。亂離瘼矣，爰其適歸？

冬日烈烈，飄風發發。民莫不穀，我獨何害？

山有嘉卉，侯栗侯梅。廢為殘賊，莫知其尤！

①徂暑（ㄘㄨˊ ㄕㄨˇ）：意味盛暑即將過去。②腓（ㄈㄟˊ）：草木枯萎或病變。③瘼（ㄇㄛˋ）：疾病、痛苦。

Banishment to the South

From fourth to sixth moon when, The summer heat remains, Our fathers are kind men; Can they leave me in pains?

The autumn days are chill; All plants and grass decay. In distress I am ill. Where can I go? Which way?

In winter days severe, The vehement wind blows. No one feels sad and drear. Why am I alone in woes?

Trees on the hill were good, And mume trees far and nigh. Who has destroyed the wood? Who knows the reason why?

谷風之什‧四月

相彼泉水，載清載濁。我日構禍，曷云能穀？
滔滔江漢，南國之紀。盡瘁以仕，寧莫我有？
匪鶉匪鳶，翰飛戾天。匪鱣匪鮪，潛逃于淵。
山有蕨薇，隰有杞桋。君子作歌，維以告哀。

④盡瘁（ㄐㄧㄣˋ ㄘㄨㄟˋ）：盡心盡力以致憔悴。⑤鶉（ㄊㄨㄢˊ）：雕。⑥
鳶（ㄩㄢ）：老鷹。⑦戾（ㄌㄧˋ）：至。⑧鱣（ㄓㄢ）：大鯉魚。⑨鮪（ㄨㄟˇ）：
鱘魚。⑩蕨薇（ㄐㄩㄝˊ ㄨㄟˊ）：兩種野菜。⑪桋（ㄧˊ）：樹名，即赤棟。

BANISHMENT TO THE SOUTH

Water from fountain flows, Now muddy and now clear. But
I'm each day in woes. How can I not be drear?
The rivers east and west, Crisscross in southern land. In
work I did my best. Who'd give me helping hand?
Like hawk or eagle why, Cannot I skyward go? Like fish why
cannot I, Go to hide down below?
Above grow ferns in throng, And medlars spread below.
Alas! I've made this song, To ease my heart of woe.

到了四月，夏天就要開始了，到了六月，夏天就要過去了。我的祖先們，為什麼竟然忍心讓我忍受這些禍災？

秋風淒淒，花草樹木都在紛紛地萎謝。各種離亂疾苦，哪裡才是我的歸處？

冬天裡北風凜冽，呼嘯著吹來又吹去。我看見人人都生活得很好，唯獨我是最悲哀的一個人了。

山上開著名貴的花卉，梅樹、栗樹，如今都是殘花敗葉，不知道到底是誰的罪過。

山中泉水，時清時濁，我總是被構陷，何時能有盡頭？

奔流不息的長江漢水，是南國的輪廓，我曾是江漢為國鞠躬盡瘁的人，又有誰說我一聲好？

蒼雕和鷙鳥，直飛高天。鱣魚和鮪魚，潛游深淵。蕨菜、薇、枸杞和赤棟，都是我的命運的隱喻。我寫下這首詩，聊遣心裡的悲哀。

> 這是一首逐臣之詩。他自認為鞠躬盡瘁，卻遭遇了不公平待遇。南遷的路上，入眼皆是傷心風景，時間的轉換也不能緩解他的痛苦。他忍不住長吁短嘆，問祖先自己何以至此。

谷風之什・北山

陟彼北山，言采其杞。偕偕士子，朝夕從事。王事
靡盬，憂我父母。

溥天之下，莫非王土。率土之濱，莫非王臣。大夫
不均，我從事獨賢。

四牡彭彭，王事傍傍。嘉我未老，鮮我方將。旅力
方剛，經營四方。

①偕偕（ㄒㄧㄝˊ ㄒㄧㄝˊ）：健壯貌。②溥（ㄆㄨˇ）：古本作「普」。

INJUSTICE

To gather medlars long, I go up northern height. Being an
officer strong, I'm busy day and night. For the royal affairs.
Who for my parents cares?

The land under the sky, Is all the king's domain; The people
far and nigh, Are under royal reign.But ministers unfair,
Load me with heavy care.

Four steeds run without rest, For state affairs all day long.
They say I'm at my best, And few like me are strong. I have a
robust chest, And may go east and west.

或燕燕居息，或盡瘁事國；或息偃在床，或不已于行。

或不知叫號，或慘慘劬勞；或棲遲偃仰，或王事鞅掌。

或湛樂飲酒，或慘慘畏咎；或出入風議，或靡事不為。

③息偃（ㄒㄧˊ ㄧㄢˇ）：休息。④慘慘（ㄘㄢˇ ㄘㄢˇ）：又作「懆懆」，憂慮不安貌。⑤鞅掌（ㄧㄤ ㄓㄤˇ）：煩勞、忙碌。⑥咎（ㄐㄧㄡˋ）：責罰、怪罪。

Some enjoy rest and ease; Others worn out for the state.
Some march on without cease; Others lie in bed early and late.
Some know not people's pain; Others toil for state affairs.
Some long in bed remain; Others laden with great cares.
Some drink all the day long; Others worry for woe. Some only say all's wrong; To hard work others go.

爬上北山，去採枸杞。體格健壯的士子，從早到晚忙於工作。王的差事沒個完，我擔心家中的父母。普天之下，都是王的疆土。四海之內的每一個人，沒有誰，不是王的臣屬。大夫分派的工作卻是那麼不公平，我的差事多又苦。

　　四馬駕車奔馳狂，國君交派的任務無窮無盡。還都誇我不夠老，稱讚我血氣方剛。就因為我血氣方剛，被委派奔走四方。

　　這個世界多麼不公平啊，有人可以安靜地坐在家中，有人卻要日夜兼程，為國事鞠躬盡瘁。有人在床上，慵懶舒適地躺著，有人卻匆忙地趕著路，日夜不停。

　　有人不懂得人間疾苦，有人又苦又累，心裡煩惱。有人秉燭夜遊然後大睡不起，有人困頓於王事不知如何是好。

　　有人無所顧忌地推杯換盞，有人則惶惶然害怕被責難。有人出來進去耍不盡的嘴皮子，有人卻什麼事都得幹。

　　　　並不是最底層的勞動者才會怨恨社會的不公，這位士子由於見識更多，獨立思考的能力更強，能看到的角度更多。他奔波在行役的路上，不能夠侍奉父母，個人的怨氣，轉向對整個社會的批判。一連串的排比句，點出了這社會的各種怪現象。

谷風之什・無將大車

無將大車，祇自塵兮。無思百憂，祇自疧兮。
無將大車，維塵冥冥。無思百憂，不出于熲。
無將大車，維塵雝兮。無思百憂，祇自重兮。

①疧（ㄑㄧˊ）：病痛。②熲（ㄐㄩㄥˇ）：通「耿」，心緒不寧，心
事重重。③雝（ㄩㄥ）：通「壅」，引申為遮蔽。

Don't Trouble

Don't push an ox-drawn cart, Or you'll raise dust about. Do
not trouble your heart; Or you'll be ill, no doubt.
Don't push an ox-drawn cart, Or dust will dim your sight.
Do not trouble your heart, Or you can't see the light.
Don't push an ox-drawn cart, Or dust will darken the way.
Do not trouble your heart, Or you will pine away.

不要去推那大車，只會招來一身塵土。不要老是琢磨各種煩心事，只會讓你生起病來。

　　不要去推那大車，塵土會讓你眼前昏暗。不要去琢磨各種煩心事，它們會蒙蔽你的視野，讓你無法看見光明。

　　不要去推那大車，塵土會遮蔽你的雙眼。不要老是琢磨各種煩心事，只會白白地給自己增加負擔。

　　人生多憂患，不必費思量。首先是你搞不定，其次也不見得有什麼大不了。最關鍵的是，若沉溺於煩惱裡，會讓我們無法邁步向前，以為人生就是這樣昏暗的一團。倒不如與它和平共處，容納它也忽略它，學會與憂患和平共處。

甫田之什 · 裳裳者華

裳裳者華，其葉湑兮。我覯之子，我心寫兮。我心寫兮，是以有譽處兮。

裳裳者華，芸其黃矣。我覯之子，維其有章矣。維其有章矣，是以有慶矣。

裳裳者華，或黃或白。我覯之子，乘其四駱。乘其四駱，六轡沃若。

左之左之，君子宜之。右之右之，君子有之。維其有之，是以似之。

①湑（ㄒㄩˇ）：茂盛。②覯（ㄍㄡˋ）：遇見。③轡（ㄆㄟˋ）：控制牛、馬等牲口的韁繩。

A NOBLE LORD

Flowers give splendid sight, With lush leaves by the side. I see the lord so bright; My heart is satisfied. My heart is satisfied; I praise him with delight.

Flowers give splendid sight; They're deep yellow and red. I see the lord so bright, Elegant and well-bred. Elegant and well-bred, I bless him with delight.

Flowers give splendid sight; They are yellow and white. I see the lord so bright, With four steeds left and right. With four steeds left and right, He holds six reins with delight.

He goes left if he will, Driving the steeds with skill. If he will he goes right, Driving with main and might. As he has true manhood, At what he does he's good.

鮮花開得如火如荼，葉子則茂盛鬱蔥。遇見了合我心意的人，我心中如此暢快，這就是我的心安處啊。

　　鮮花開得如火如荼，黃得多麼嬌豔。遇見了合我心意的人，他才華橫溢。他才華橫溢啊，讓我的心為之歡欣。

　　鮮花開得如火如荼，有的黃，有的白。遇到了合我心意的男子，乘著四匹黑鬃黑尾的白馬拉的馬車。他駕著這樣一輛馬車，六根韁繩閃著光。

　　左邊有人來輔佐，他能溫和地接受。右邊有人來相助，他能夠友善地對待，因為他自己應有盡有，他才能這樣喜樂。

　　這首詩裡歌頌的是一個在世俗意義上堪稱完美的男性，他於內在教養和世俗才能上都平衡、得體、優秀，而我們在其中也看到一種當時的價值觀。

甫田之什‧鴛鴦

鴛鴦于飛，畢之羅之。君子萬年，福祿宜之。

鴛鴦在梁，戢其左翼。君子萬年，宜其遐福。

乘馬在廄，摧之秣之。君子萬年，福祿艾之。

乘馬在廄，秣之摧之。君子萬年，福祿綏之。

①戢（ㄐㄧˊ）：收斂。②廄（ㄐㄧㄡˋ）：馬舍，養馬的地方。③秣（ㄇㄛˋ）：餵牲口。

THE LOVE-BIRDS

Flying love-birds need rest, When large and small nets spread.
May you live long and blest, Wealthy and happily wed!
On the dam love-birds stay, In left wing hid the head.
May you live safe for aye, Duly and happily wed!
Four horses in the stable, With grain and forage fed.
May you live long and stable, For you're happily wed.
Four horses in the stable, With forage and grain fed.
May you live comfortable, For you're happily wed.

雌雄鴛鴦雙雙地飛，長柄、短柄的捕鳥網向牠們伸去。祝福我的心上人長命百歲，我們一起享受著幸福。

　　雌雄鴛鴦在魚梁上雙雙游動，棲息的時候將喙插在左翅下。希望我的心上人長命百歲，一生的幸福綿綿長長。

　　拉車的馬停在馬房，每天我們給牠餵草餵糧。祝福我的心上人長命百歲，幸福和財富把他滋養。

　　拉車的馬停在馬房，每天我鍘草把牠餵養。希望我的心上人長命百命，有很多幸福，可以慢慢安享

　　　　這首詩講的是一個「現世靜好」的愛情。鴛鴦被婚姻之網捕捉，就像現實中的我們。我們交付自由，但從此後相依相愛，擁有福祿與健康，希望共同的生活富足美滿，平平穩穩地度過一生。似乎過於從俗，但幸福的生活本來就是通俗的。

　　　　　　　燕燕于飛──最美的詩經英譯新詮

魚藻之什 · 采綠

終朝采綠，不盈一匊。予髮曲局，薄言歸沐。
終朝采藍，不盈一襜。五日為期，六日不詹。
之子于狩，言韔其弓。之子于釣，言綸之繩。
其釣維何？維魴及鱮。維魴及鱮，薄言觀者。

①匊（ㄐㄩˊ）：同「掬」，兩手合捧。②襜（ㄔㄢ）：護裙，田間採集時可用以兜物。《毛傳》：「衣蔽前謂之襜。」即今俗稱之圍裙。③韔（ㄔㄤˋ）：弓袋，此處用作動詞，即將弓裝入弓袋。④鱮（ㄒㄩˋ）：鰱魚。

MY LORD NOT BACK

I gather all the morn king-grass, But get not a handful, alas!
In a wisp is my hair, I'll go home and wash it with care.
I gather all the morn plants blue, But get not an apronful
for you. You should be back on the fifth day. Now it's the
sixth, why the delay?
If you should hunting go, I would put in its case your bow.
If you should go to fish, I'd arrange your line as you wish.
What might we take out of the stream? O tench and bream.
O tench and bream, With what wild joy my face would
beam!

採了一早的蓋草，也沒採到一捧。我的頭髮亂了，我要回去洗濯。

　　採了一早的蓼藍，也沒有採到一兜。那個人說是五月回來，這都六月了，也不見他的影蹤。

　　他是去打獵去了吧，把弓箭裝入箭囊。他是去釣魚去了吧？已經結好他的釣魚繩。

　　他都釣來了什麼呢？有鯿魚也有鰱魚。有鯿魚也有鰱魚，想來一定很不少吧？

　　　　丈夫出門去了，總也不回來，女人開始心神不定，無心手中的工作。她帶著幽怨想像他在外面的光景，猜想他一定不會像自己這樣被思念困擾，依然能夠專注地打獵和釣魚。「觀者」二字的意思是「多」，她猜他一定打了很多的魚，這裡面有一點賭氣責備的意思。無能為力的愛，讓她感覺他們之間的不對等。

魚藻之什・隰桑

隰桑有阿，其葉有難。既見君子，其樂如何。
隰桑有阿，其葉有沃。既見君子，云何不樂。
隰桑有阿，其葉有幽。既見君子，德音孔膠。
心乎愛矣，遐不謂矣？中心藏之，何日忘之！

THE MULBERRY TREE

The lowland mulberry tree's fair; Its leaves are lush and bright. When I see my love there, How great will be my delight!

The lowland mulberry tree's fair; Its leaves shed glossy light. When I see my love there, How can I not feel delight?

The lowland mulberry tree's fair; Its leaves darken each day. When I see my love there, How much have I to say?

I love him in my heart, Why won't I tell him so? Better keep it apart, That sweeter it will grow.

美麗的桑樹長在低窪處，枝繁葉茂，身姿婀娜。我的心上人忽然出現，這樣的快樂，我該怎樣訴說？

　　美麗的桑樹長在低窪處，每一片葉子都閃爍著光澤。我見到心裡那個人，怎麼可能不快樂？

　　桑樹枝葉婆娑，葉子綠得深沉。我又一次見到了你，聽你在我耳邊，講述你對愛情如我一樣執著。

　　但事實上這些都是一種幻景，我心裡愛著他，嘴上說不出。我藏著這份愛意，不知何時能忘懷。

　　　　這首詩裡的女子愛得癡狂，也愛得自尊和優雅。她思緒連綿，最後還是歸於緘默。不知後來她的命運如何，有沒有表白，有沒有得到滿足的回應。

　　　　　　燕燕于飛──最美的詩經英譯新詮

魚藻之什・苕之華

苕之華，芸其黃矣。心之憂矣，維其傷矣！
苕之華，其葉青青。知我如此，不如無生。
牂羊墳首，三星在罶。人可以食，鮮可以飽。

①苕（ㄊㄧㄠˊ）：「紫葳」、「凌霄花」之古稱。②牂（ㄗㄤ）羊：母羊。墳首：大頭。③罶（ㄌㄧㄡˇ）：捕魚的器具。

FAMINE

The bignonia blooms, Yellow and fade. My heart is full of gloom; I feel the wound grief's made.
The bignonia blooms, Have left the green leaves dry. Could I foretell what looms, I would not live but die.
The ewe's lean; large its head. In fish-trap there's no fish. Some people may be fed; Few can get what they wish.

凌霄開花黃巴巴，心裡的憂愁，在將我緩慢銷蝕。

　　凌霄開花，葉子依舊青青。早知道像我現在這樣，不如不要出生。

　　飢餓的母羊，頭大身子瘦，魚簍空空，只有參星的倒影。生而為人，何以為食？有生之日，有幾回能吃飽？

　　　　蕭紅曾經寫她的飢餓：「桌子可以吃嗎？草褥子可以吃嗎？」她看到所有的東西，都會想想能否食用。而這首詩裡的人，看到所有的東西都是飢餓的。凌霄花是飢餓的，母羊是飢餓的，魚簍是飢餓的。他不知道自己到什麼時候，才能將這飢餓擺脫。

燕燕于飛
最美的詩經英譯新詮

英　　譯	許淵沖	
賞　　析	闍　紅	
文稿編輯	施雅棠	
責任編輯	何維民	
版　　權	吳玲緯	
行　　銷	吳宇軒　陳欣岑	
業　　務	李再星　陳紫晴　陳美燕　葉晉源
副總編輯	何維民	
編輯總監	劉麗真	
總 經 理	陳逸瑛	
發 行 人	涂玉雲	

出　　版

麥田出版
台北市中山區104民生東路二段141號5樓
電話：(02) 2-2500-7696　傳真：(02) 2500-1966
麥田網址：https://www.facebook.com/RyeField.Cite/

發　　行

英屬蓋曼群島商家庭傳媒股份有限公司城邦分公司
地址：10483台北市民生東路二段141號11樓
網址：http://www.cite.com.tw
客服專線：(02)2500-7718; 2500-7719
24小時傳真專線：(02)2500-1990; 2500-1991
服務時間：週一至週五 09:30-12:00; 13:30-17:00
劃撥帳號：19863813　戶名：書虫股份有限公司
讀者服務信箱：service@readingclub.com.tw

香港發行所

城邦（香港）出版集團有限公司
地址：香港灣仔駱克道193號東超商業中心1樓
電話：+852-2508-6231　傳真：+852-2578-9337
電郵：hkcite@biznetvigator.com

馬新發行所

城邦（馬新）出版集團【Cite(M) Sdn. Bhd. (458372U)】
地址：41, Jalan Radin Anum, Bandar Baru Sri Petaling,
57000 Kuala Lumpur, Malaysia.
電話：+603-9057-8822　傳真：+603-9057-6622
電郵：cite@cite.com.my

本書中文繁體版透過
成都天鳶文化傳播有限公司代理，
由北京時代華語國際傳媒股份有限公司
授予城邦文化事業股份有限公司
麥田出版事業部獨家出版發行，
非經書面同意，
不得以任何形式複製轉載。

燕燕于飛：最美的詩經英譯新詮／
闍紅著；許淵沖譯
－初版.－臺北市：麥田出版：
英屬蓋曼群島商家庭傳媒股份有限公司
城邦分公司發行，2021.05
256面；13×21公分
ISBN 978-986-344-935-5（平裝）
1.詩經
831.1　　　　　　　　　110004062

印　　刷　前進彩藝
電腦排版　黃暐鵬
封面設計　莊謹銘
初版一刷　2021年5月

定　　價　新台幣320元
I S B N　978-986-344-935-5
Printed in Taiwan
著作權所有·翻印必究